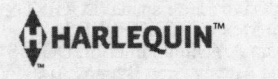

HARLEQUIN™

Editado por Harlequin Ibérica.
Una división de HarperCollins Ibérica, S.A.
Núñez de Balboa, 56
28001 Madrid

© 2015 Emily McKaskle
© 2015 Harlequin Ibérica, una división de HarperCollins Ibérica, S.A.
Perlas del corazón, n.º 2057 - 19.8.15
Título original: Secret Heiress, Secret Baby
Publicada originalmente por Harlequin Enterprises, Ltd.

I.S.B.N.: 978-84-687-6624-9
Depósito legal: M-18791-2015
Impresión en CPI (Barcelona)
Fecha impresion para Argentina: 15.2.16
Distribuidor exclusivo para España: LOGISTA
Distribuidor para México: CODIPLYRSA
Distribuidores para Argentina: Interior, DGP, S.A. Alvarado 2118.
Cap. Fed./Buenos Aires y Gran Buenos Aires, VACCARO HNOS.

Prólogo

Después de tres semanas durmiendo con Meg Lathem, Grant Sheppard supo que no estaba a su lado en cuanto se despertó. Le gustaba dormir apretada contra su costado, una pierna sobre su muslo, la cabeza apoyada en su hombro.

Que estuviera en la cocina a las tres o cuatro de la madrugada era algo normal en ella. Grant saltó de la cama, se puso los vaqueros y fue a buscarla.

La casa, de dos dormitorios, a unas manzanas de la plaza principal de Victoria, Texas, era el sitio en el que Meg había nacido y en el que había vivido toda su vida. Para un hombre como Grant, que había crecido entre la élite de Houston, aquel pueblecito no tenía demasiado atractivo. Se había quedado allí por ella.

Meg estaba frente al horno, como siempre, y el olor a canela, nueces tostadas y azúcar caramelizada era divino.

Grant apoyó un hombro en el quicio de la puerta para mirarla a placer. Se había sujetado el pelo en una coleta que se movía de un lado a otro mientras trabajaba. Llevaba un camisón corto y medio transparente que apenas le tapaba el trasero y un delantal encima. Iba descalza, las uñas de los pies pintadas de azul, el tatuaje del muslo asomando cada vez que se inclinaba. Era tan sexy que cada vez que la veía mover el trasero sentía el deseo de hacerla suya.

Grant entró en la cocina con una sonrisa en los labios.

–¿Qué has hecho hoy?

Ella lo miró por encima del hombro.

–Me había parecido notar unos ojos clavados en la espalda –Meg le hizo un guiño, moviendo las caderas con gesto sexy–. Te presento mi nueva creación: pastel de nueces tostadas, galletas y chocolate negro con nubes de merengue.

Grant emitió un gruñido de angustia.

–Y tengo que esperar hasta que abras la pastelería para probarlo.

Ella sonrió, apartándose un poco para mostrarle otro pastel igual, pero diminuto.

–Ya sabes que nunca vendo un pastel que no haya probado. Espera un momento, tengo que tostar el...

Pero Grant ya había esperado suficiente. Metió las manos bajo el camisón para agarrarle el trasero desnudo.

Solo tuvo que levantarla un par de centímetros para que su entrepierna rozase la dolorosa erección. Meg enredó las piernas en su cintura y Grant la sentó en la encimera mientras buscaba sus labios. Sabía a pecaminoso chocolate negro y a merengue.

Así era Meg, una mezcla irresistible de pecado y dulzura.

Riendo, le bajó la cremallera de los vaqueros y lo envolvió con sus finos y delicados dedos antes de deslizarlo dentro de ella. Estaba tan desesperada que terminó antes que él.

Una ducha caliente y un trozo de pastel después, estaban de vuelta en la cama, Meg adormilada mientras él le acariciaba la espalda.

—Estar contigo es como estar en un campamento de verano —dijo Meg.

Grant rio mientras le acariciaba el trasero.

—Te aseguro que yo no hacía esto en el campamento.

Meg le dio un manotazo.

—No, bobo, quiero decir que… no sé, esto que hay entre nosotros parece perfecto, pero efímero. Como los últimos días de verano en el campamento.

Grant contuvo el aliento, esperando para ver qué más decía. Porque había dado en el clavo. Era el momento perfecto, el momento que había estado buscando en esas últimas semanas.

«No tiene que ser efímero, vuelve a Houston conmigo, cásate conmigo».

Pero no lo dijo. No le salían las palabras.

—Mi abuelo solía hacer los mejores pasteles de merengue.

—Pensé que todos eran iguales.

Meg pareció notar lo tenso y formal que sonaba.

—No, depende de que la nube de merengue quede perfectamente tostada y mi abuelo las tostaba como nadie. Era muy paciente —Meg se quedó callada un momento–. Ojalá lo hubieras conocido, te habría encantado. Y a él le habrías encantado tú.

–Lo dudo –murmuró él.

Meg se apoyó en un codo para mirarlo.

–Le habrías gustado mucho, seguro. Eres un buen hombre, Grant Sheppard –insistió, antes de buscar sus labios.

Una hora después, cuando Meg estaba dormida, Grant se levantó para vestirse y salir de la casa. Mientras atravesaba Victoria por última vez, aún podía saborear sus besos y el pastel.

Meg creía que era una buena persona, pero su plan era encontrar a la hija perdida de Hollister Cain, hacer que se enamorase de él, casarse con ella y conseguir el control de la empresa Cain para hundirla.

Ese no era el plan de una buena persona, sino el plan de un canalla decidido a vengarse a cualquier precio. Sí, podía vivir con eso. Era un canalla y lo sabía.

El problema no era solo que Meg no lo supiera sino que cuando lo miraba de ese modo él quería que fuese verdad. Quería ser el hombre que Meg pensaba que era. Y esa debilidad era completamente inaceptable.

Capítulo Uno

Dos años después

Meg Lathem estaba sentada en su viejo y polvoriento Chevy, maldiciendo el sol de Texas, las calles llenas de gente en el centro de Houston y su diminuta vejiga.

Debería haber parado en Bay City. Seguiría nerviosa por ver a Grant Sheppard después de tanto tiempo, pero al menos tendría una chocolatina y habría ido al baño. En lugar de eso tenía la boca seca y los principios de una úlcera.

Suspirando, metió la mano en el bolso para sacar el bálsamo labial, pero lo que encontró fue la barra de carmín con sabor a chicle. Aquel día no necesitaba brillo, necesitaba sensatez y sentido común.

De modo que volvió a guardar el carmín en el bolso, se lo colgó al hombro y estaba a punto de bajar del coche cuando le sonó el móvil.

Si no hubiera sido su amiga Janine no se habría molestado en responder. Pero Janine, que solía ayudarla en la pastelería, estaba cuidando de su hija, Pearl, mientras ella iba a Houston, de modo que volvió a sentarse frente al volante.

–¿Pearl está bien?

–Está perfectamente, cariño. Contenta y feliz.

Meg dejó escapar un suspiro de alivio.

–¿Entonces por qué me llamas?

–¿Lo has hecho ya?

–Es un viaje de dos horas desde Victoria. No, aún no lo he hecho, acabo de llegar.

–Mentirosa. Tú nunca respetas los límites de velocidad, seguro que has llegado hace media hora y llevas todo ese tiempo sentada en el coche, poniendo cara de cordero degollado frente al cartel del banco Sheppard.

–No es verdad –Meg miró su reloj. Solo llevaba allí veinte minutos y el cartel del banco Sheppard no estaba sobre la puerta sino en la planta cuarenta y dos, no lo miraba con cara de cordero degollado sino con gesto de rabia–. No siento nada por Grant Sheppard y lo sabes. Es un mentiroso, un canalla…

–No tienes que hacerlo –la interrumpió Janine.

–Lo sé.

–Podemos encontrar otra manera.

–Lo sé.

Pero no era verdad, no había otra manera. Su hija necesitaba una intervención quirúrgica urgente y ella no tenía dinero para pagarla y mantener abierta la pastelería. Y si cerraba la pastelería, no tendría trabajo. La buena gente de Victoria se había unido para ayudarla a recaudar fondos, todo el pueblo. Había sido un día asombroso, emocionante, pero solo habían recaudado nueve mil dólares y necesitaba cincuenta mil solo para la operación. Todos sus conocidos, todas las personas que la querían se habían unido para ofrecer lo que tenían, y eso solo cubriría una pequeña parte de lo que necesitaba.

Y aunque pudiese encontrar esos cincuenta mil dólares, luego habría una terapia postoperatoria, más citas con el médico, más especialistas. Más y más cosas que costaban dinero, un dinero que no tenía. Pero el padre de Pearl sí tenía dinero. De hecho, ganar dinero era su profesión.

¿No era justo que la ayudase?

Al fin y al cabo, era el padre de Pearl.

Habría sido mucho más fácil si Grant supiera que tenía una hija.

—Venga, a por él, leona. Puedes hacerlo.

Janine cortó la comunicación después de decir eso, sin esperar que Meg le hablase de sus dudas.

—Muy bien. A por él.

El banco Sheppard estaba en una plaza rodeada de robles, con un trío de fuentes y muchos bancos de madera en los que la gente comía o disfrutaba del buen tiempo. Meg tuvo que abrirse paso por la acera.

Seguía al otro lado de la plaza cuando las puertas de cristal del banco Sheppard se abrieron y Grant apareció de repente.

Meg se detuvo, pero al escuchar un claxon aceleró el paso para cruzar la calle.

Habían pasado dos años desde la última vez y estaba igual de atractivo, igual de alto y atlético. Su pelo rubio oscuro un poco despeinado. Y seguía esbozando esa media sonrisa que hacía que una mujer quisiera hacerle todo tipo de cosas.

Una sonrisa por la que las mujeres perdían la cabeza.

Intentó endurecer su corazón y contener las hormonas antes de dar un paso hacia él, pero cuando iba a hacerlo vio que había una mujer a su lado, una rubia casi tan alta como él. Y Grant había puesto una mano protectora en su cintura, un gesto de intimidad, de afecto y familiaridad.

Una campanita de alarma sonó en la cabeza de Meg, que se detuvo de golpe. Sabía, incluso viendo a la mujer de espaldas, que sería preciosa, sofisticada y con clase, todo lo que ella no era.

Cuando la mujer se dio la vuelta… Preciosa, sí, sofisticada, sí, y llevaba un bebé en brazos, un bebé precioso, sano, perfecto.

La preciosa esposa de Grant Sheppard le había dado un hijo perfecto y sano, mientras su hija tenía síndrome de Down y un defecto en el corazón.

Meg jamás había pensado que Pearl fuese menos que los demás niños. Sí, tenía un agujero diminuto en el corazón y ese problema de salud a veces la aterraba, pero era perfecta en todo lo demás.

¿Lo veía Grant de ese modo? ¿Entendería lo maravillosa que era Pearl?

Meg no quería ser esa rubia tan guapa, no quería su dinero, sus vestidos de diseño ni a su hijo, cuyo corazón seguramente no tendría un orificio. No quería nada que tuviese la otra mujer, pero una parte de ella aún deseaba a Grant. Y eso le daba pánico.

¿Cómo iba a hablar con él?

En lugar de hablar con Grant haría lo que se había prometido a sí misma no hacer nunca. Lo que les había prometido a su madre y a su abuelo que no haría nunca. Iría a ver a su padre para hacer un trato con el propio diablo.

Por suerte, el propio diablo, más conocido como Hollister Cain, vivía no lejos del centro de Houston, en el prestigioso vecindario de River Oaks. Nunca lo había visto en persona.

Ella era hija de Hollister Cain quien, veintiséis años atrás, había seducido y abandonado a su madre. El engaño de Hollister había llevado a su madre a una lenta, pero imparable, depresión, y a ella la habían criado sus abuelos. Hollister Cain sabía de su existencia y no se había molestado en reclamarla. Y le daba igual.

Había muchas posibilidades de que Hollister se negase a ayudarla o a reconocerla siquiera. Después de todo, era un canalla y no abriría la cartera de buena gana. Si se negaba, tendría que contratar a un abogado y hacerse pruebas de ADN. Era hija biológica de Hollister, de modo que él no podría hacer nada al respecto. Además, no tendría que recurrir a un abogado porque ella conocía secretos de Hollister que él no querría que salieran a la luz; asuntos ilegales que destruirían el buen nombre de la familia Cain y que podrían incluso llevarlo a la cárcel. Si se negaba a ayudarla, lo amenazaría con eso.

De modo que en su versión de cuento de hadas la reunión con su padre sería así: entraría en la casa, anunciaría quién era, él le daría un cheque, ella firmaría algún documento prometiendo no pedirle nada más y volvería a su casa, con Pearl. ¿Qué podría ser más sencillo que un pequeño chantaje en familia?

Pero ella no estaba acostumbrada a amenazar a nadie. Y doscientos mil dólares era mucho dinero. Esa era la cifra que necesitaba. Cincuenta mil dólares para la operación y tres veces más para cubrir lo que Pearl pudiese necesitar en el futuro.

Eso explicaba que tuviese un nudo en el estómago mientras miraba la mansión a través del sucio parabrisas del coche.

Se bajó, cruzó la calle y tomó el camino rodeado de flores hasta el porche. Sin pensarlo dos veces, pulsó el timbre.

La puerta se abrió y Meg se encontró frente a una mujer rubia de facciones perfectas, cuerpo atlético… y embarazada.

Portia Calahan, la exmujer de Dalton Cain.

Meg habría reconocido a cualquiera de los Cain gracias a su prominente posición en la sociedad de Houston, pero Portia y ella se habían conocido justo después de saber que Pearl necesitaba una intervención quirúrgica. Aunque no le dijo quién era.

Por un momento, se miraron la una a la otra sin decir nada.

–¡Eres tú! –exclamó Portia.

De repente, se agarró al quicio de la puerta, como si se hubiera mareado. Meg soltó su bolso y dio un paso adelante para sujetarla, pero Portia era mucho más alta que ella y acabaron las dos en el suelo.

–¡Que alguien me ayude!

Evidentemente, se acordaba de ella.

Por un momento, Meg consideró la idea de salir corriendo e intentar ponerse en contacto con su padre otro día. O conseguir el dinero de alguna otra forma… pero no podía dejar a Portia en el suelo y acababa de escuchar pasos en la entrada.

Cuando levantó la cabeza vio a tres hombres y dos mujeres. Dalton y Griffin Cain y Cooper Larson, otro de los Cain. Si tenía que adivinar, diría que las mujeres eran Laney y Sydney, sus cuñadas.

Para sorpresa de Meg, fue Cooper el primero en inclinarse para sujetar la cabeza de Portia.

–Se ha desmayado. He intentado sujetarla, pero…

–Gracias –dijo Cooper–. Se va a cabrear mucho.

–¡Intenté sujetarla, pero pesa más que yo!

–No se enfadará contigo sino consigo misma. Es la segunda vez esta semana.

La pelirroja, Sydney, si recordaba bien por las fotos que había visto en las páginas de sociedad del *Houston Chronicle*, le puso una mano en el brazo a Cooper.

–¿Está bien?

Él asintió con la cabeza.

–El médico dice que ocurre a menudo en el primer trimestre.

Sydney miró a Meg.

–Gracias por sujetarla… ¡Ay, Dios mío!

Todos la miraban como si le hubieran salido dos cabezas. O tal vez sabían que estaba allí para chantajear a su padre.

–Por favor, la estáis asustando –dijo Laney, de pelo oscuro y piel tan blanca como la de Blancanieves–. Nadie piensa que tú le hayas hecho nada a Portia. Nos alegramos de que hayas podido sujetarla.

La gratitud por evitar la caída de Portia no explicaba ese comportamiento tan extraño.

–Creo que me voy.

Dalton, Laney, Griffin y Sydney empezaron a protestar y Meg dio un paso atrás.

–Yo… esto…

–No puedes marcharte –la interrumpió Laney mientras los demás se quedaban inmóviles.

–¿Por qué no puedo irme? –preguntó.

Portia emitió un gemido e intentó incorporarse apoyándose en los codos.

–No, otra vez no –murmuró, mirando alrededor–. ¿Me he perdido algo?

Cooper la tomó por los hombros.

–No, tranquila. No has estado desmayada mucho tiempo.

Laney aprovechó la distracción para tomar a Meg de la mano.

–No puedes irte, porque tú eres la hija perdida de Hollister. ¡Eres su hermana!

–Ya sé que soy su hermana. ¿Cómo lo sabéis vosotros?

Todos la miraban, aparentemente perplejos.

–¿Tú también lo sabías?

Capítulo Dos

Media hora después, Meg también estaba a punto de desmayarse. Los Cain la habían llevado a un elegante despacho donde Dalton sirvió copas para todos.

—Solo agua, por favor —respondió Meg, sabiendo que debía mantener la cabeza fría.

Su madre le había enseñado que los ricos eran gente venenosa y los Cain eran los peores.

Dalton le dio el vaso de agua y le hizo un gesto para que se sentara en un sillón, pero Meg se quedó de pie. Portia y Sydney estaban sentadas en el sofá, Laney en otro sillón a un lado, con Dalton tras ella, los otros dos hombres frente a una de las ventanas.

—Muy bien, contadme por qué sabéis que soy vuestra hermana.

Fue Portia quien respondió:

—Por tus ojos.

—¿Mis ojos?

—Tienes los ojos de los Cain —respondió Griffin—. Son únicos, todos los Cain los tienen del mismo color.

—¿Pensáis que soy vuestra hermana por el color de los ojos? ¡Es lo más tonto que he oído nunca! Tiene que haber millones de personas con los ojos azules.

–La cuestión es que ese azul, el azul Cain, es un color único –intervino Portia.

–Pero esa no es razón para pensar que soy hija de Hollister.

Dalton se inclinó hacia delante, apoyando los codos en el respaldo del sillón en el que estaba sentada su mujer.

–Pero lo eres, ¿no?

Meg miró el vaso de agua unos segundos.

–¿Y si lo fuera?

–Hemos estado buscándote, Meg.

–Y creo que tú también has estado buscando información sobre nosotros –añadió Portia.

Un año antes había querido saber algo de los Cain, por si algún día estaba tan desesperada como para acudir a ellos. Se había presentado usando un nombre falso y había charlado un rato con Portia, segura de que ella no sospecharía nada.

Meg tuvo que hacer un esfuerzo para levantar la mirada. Portia no dijo que se hubieran visto antes, pero había un brillo de triunfo en sus ojos.

Después de unos segundos en silencio, Laney y Sydney intercambiaron una mirada de preocupación.

–¿Sabes que hemos estado buscándote? –le preguntó Sydney por fin.

–No, no lo sabía –respondió Meg. Su abuelo le había dicho que Hollister había abandonado a su madre y que nadie en la familia Cain la quería. Y no podía entender por qué no la habían encontrado cuando vivía en el mismo pueblo desde niña, a menos de cinco kilómetros del juzgado donde Hollister se casó con su madre–. No hay ninguna razón para que me busqueis y no he estado escondiéndome precisamente.

Los Cain se miraban unos a otros como intentando decidir quién debía ser el primero en romper el silencio.

Laney se inclinó hacia delante. Muy bien, sería Blancanieves.

–No sé si lo sabes, pero la salud de Hollister ha declinado en los últimos años.

–Si ha muerto recientemente no te preocupes por suavizar la noticia –dijo Meg.

¿El padre al que no conocía había muerto unos días antes de que decidiera ponerse en contacto con él? Con su mala suerte podría ser. No le importaba no haberlo conocido, pero entonces tendría que pedirle ayuda a Grant.

–No, Hollister está vivo –se apresuró a asegurar Laney–. Pero hace unos años, cuando todos pensábamos que iba a morir, recibió una carta –los Cain intercambiaron una mirada–. Era una carta anónima de una mujer que decía ser tu madre y en ella contaba que había tenido una hija y se lo había escondido a Hollister para protegerla, pero quería que se fuese a la tumba sabiendo que nunca podría verte. Estaba retándolo.

Meg frunció el ceño.

–Mi madre no pudo enviar esa carta porque murió cuando yo era niña –le dijo. Mucha gente de su entorno odiaba a Hollister, pero ninguno tanto

17

como para vigilarlo y lanzar esa bomba justo cuando estaba moribundo–. No sé quién podría haberlo hecho. No penseis que fui yo, ¿no?

–No –se apresuró a decir Dalton–. La mujer que escribió la carta conocía bien a Hollister; lo suficiente como para saber que tener una hija a la que no conocía lo volvería loco. Y así fue, nos impuso un reto –Dalton señaló a sus hermanos–. El que antes te encontrase y te trajera de vuelta a casa conseguiría toda la herencia. Si nadie te encontraba antes de que Hollister muriese, todo su dinero pasaría a manos del Estado.

–¿Perdona? –Meg no entendía nada–. ¿Qué clase de persona impone un reto así a sus hijos?

Dalton se limitó a asentir con la cabeza y Griffin sonrió.

–Sí, bueno –intervino Cooper–. No es la mejor manera de animar el cariño fraternal, ¿verdad?

Pero la verdad era que no parecía haber animosidad entre ellos.

–A pesar de que haya tanto dinero en juego os lleváis bien, ¿no?

Griffin se encogió de hombros.

–Decidimos desde el principio que era mejor compartir información y repartirnos el dinero. En cuatro partes, evidentemente. Era difícil encontrarte porque no teníamos ninguna información sobre ti.

–Pero ahora tú has venido a nosotros –Griffin miró alrededor–. Y tú heredarás la cuarta parte de la herencia.

–¿Qué? ¿Cómo?

Laney sonrió.

–Siempre habían pensado darte la parte que te corresponde como heredera de Hollister.

Meg se levantó de un salto.

Aunque no sabía de cuánto dinero se trataba, seguro que era demasiado. Una cuarta parte de muchos cientos de millones sería demasiado para cualquiera.

–Yo no quiero el dinero de Hollister… bueno, solo quiero un poco de su dinero.

Laney se levantó también y, con su voz de Blancanieves hablando con las criaturas del bosque, dijo:

–Parece que te ha disgustado la noticia. Tal vez deberías sentarte.

¿Sentarse? Sentarse con todos los Cain mirándola era lo último que deseaba. Lo que quería era salir de la casa, subir a su viejo Chevy y marcharse de allí.

Pero, de repente, se sentía tan mareada como Portia y tuvo que volver a sentarse. Ella no se desmayaba, ni siquiera cuando estaba embarazada, ni siquiera cuando estaba embarazada y trabajaba doce horas en la pastelería.

No, ella no. Era dura, nada que ver con la elegante Portia; ella era de clase trabajadora.

Ella no estaba hecha para ser millonaria. Los millonarios eran unos cerdos, eso era lo que había creído siempre.

Había ido allí con la intención de chantajear a su padre, y no había esperado que de repente todo se pusiera patas arriba.

Cuando levantó la cabeza, vio a los seis Cain mirándola con cara de sorpresa. No parecían acostumbrados a gente a la que asustaba el dinero.

Sydney fue la primera en hablar:

—Sabes que Hollister es tu padre, pero pareces sorprendida de que lo sepamos los demás. Y no pareces querer una herencia que es legalmente tuya. No entiendo nada.

—Pues no la quiero —dijo Meg.

Gracias a las páginas del *Houston Chronicle* sabía cómo eran sus vidas y las intrigas que conllevaba ser millonario. Y ella no quería nada de eso.

—¿Entonces por qué has venido?

—Porque necesito dinero.

Dalton suspiró, impaciente.

—Sabes que la herencia de Hollister es multimillonaria, ¿no?

—Soy pobre, pero no tonta —respondió Meg, levantándose para ir a la ventana y mirar el fabuloso jardín—. No quiero la herencia de Hollister y no necesito el dinero cuando él muera, sino ahora.

—¿Cuánto? —le preguntó uno de los hermanos.

Meg miró por encima de su hombro y se sorprendió al ver a los tres hombres sacando la cartera.

—Unos doscientos mil dólares.

—¿Para qué? —le preguntó Dalton después de un breve silencio.

—Eso es algo que hablaré con Hollister cuando llegue el momento. Si me decís dónde puedo encontrarlo…

Griffin dio un paso adelante.

–No está aquí. Se ha ido a Vail, pero cuando lo veas por primera vez uno de nosotros estará contigo.

–¿Para decirle que me habéis encontrado y conseguir la herencia? –respondió ella, irritada. ¿Por qué no había podido ir a Houston un día que Hollister estuviera en casa? Habría sido más fácil lidiar con un canalla avaricioso que con seis.

–En realidad, creo que Griffin se está ofreciendo a protegerte –dijo Sydney.

–No creo que necesite protección de un anciano enfermo –replicó Meg. Ellos mismos le habían dicho que unos años antes había estado a punto de morir.

–Mi padre… –empezó a decir Griffin–. Nuestro padre no es una persona muy agradable.

–Lo sé, pero creo que puedo lidiar con él.

Pero de nuevo, antes de que pudiese llegar a la puerta, Dalton la detuvo.

–Si crees que Hollister te va a dar doscientos mil dólares estás muy equivocada.

Meg vaciló. Dalton podría tener razón, pero no había esperado que fuese fácil y estaba preparada.

–¿Por qué necesitas el dinero? –insistió Dalton.

–Eso no es asunto tuyo.

–¿Tienes algún problema? ¿Se trata de algo ilegal?

–¡No! –exclamó Meg.

–No quería ofenderte, solo quiero ayudarte.

–Ya, claro, como los Cain son tan famosos por su altruismo.

–Muy bien –admitió él–. Creo que podemos hacer algo que nos beneficie a todos. Si te quedas unos días y conseguimos que Hollister te reconozca y cambie su testamento, yo te daré esos doscientos mil dólares. Aparte de lo que heredes de Hollister cuando llegue el momento.

¿Estaba dispuesto a darle doscientos mil dólares? Los Cain debían estar seriamente preocupados por perder la herencia.

–¿Puedes reunir doscientos mil dólares en unos días? –le preguntó.

Dalton se encogió de hombros.

–Dame setenta y dos horas y te conseguiré ese dinero en efectivo.

–Yo aportaré mi parte –dijo Griffin.

–Y yo –añadió Cooper.

–Si le demuestras a Hollister que eres la hija a la que ha estado buscando tendrás el dinero en tres días. Pero tendrías que quedarte hasta que tengamos un nuevo testamento que nadie pueda impugnar. ¿Trato hecho? –Dalton le ofreció su mano.

Un apretón de manos seguía siendo un contrato legal en Texas. Tenía que estar segura del todo.

–Si Hollister ha estado buscándome, ¿por qué no va a creer que soy su hija?

Todos miraron a Dalton, que parecía llevar la voz cantante.

–El comportamiento de Hollister ha sido errático en los últimos años. Que nos impusiera ese reto lo deja bien claro. Todos nos sentiremos más tranquilos cuando el testamento no se pueda impugnar.

Doscientos mil dólares garantizados sonaba mucho mejor que chantajear a Hollister para conseguirlos. Eso si hubiera podido hacerlo, que no estaba segura.

Por otro lado, significaba quedarse en Houston durante al menos tres días. Tal vez más.

A Janine no le importaría cuidar de Pearl. Victoria solo estaba a dos horas de Houston y podría ir si ocurría algo.

Tendría que evitar a Grant mientras estuviera allí, pero tampoco sería tan difícil. Houston era una ciudad de más de dos millones de habitantes y lo único que tendría que hacer era ser discreta.

De modo que le estrechó la mano a Dalton. Había ido allí esperando hacer un trato con el diablo y en lugar de eso estaba haciéndolo con su hijo.

–Trato hecho –dijo por fin.

Y ella esperando pasar desapercibida…

Meg estaba en la puerta del salón de baile del hotel Kimball, mirando a las doscientas personas que componían lo mejor de la alta sociedad de Houston. La cena benéfica que organizaba la fundación Esperanza para los Niños era uno de los eventos sociales más importantes del año y el promedio de las fortunas que había en aquel salón seguramente superaba el PIB de un país en vías de desarrollo.

Por supuesto, ella estaba allí para bajar el nivel. O lo haría si se atreviese a entrar.

Sydney le apretó el brazo.

–Venga, vamos a entrar en la guarida del león.

–¿No van a anunciarme o algo?

–Creo que eso solo lo hacen en Inglaterra.

–Muy bien –Meg dejó escapar un suspiro mientras daba un tembloroso paso adelante con sus zapatos prestados. Pero entonces, abruptamente, se detuvo, con Sydney y Griffin a su lado–. No, no puedo. No es buena idea.

–Es una idea estupenda –murmuró Sydney–. Cuando Portia te presente como la hija perdida de Hollister nadie se lo discutirá. Y cuando Caro te reciba con los brazos abiertos el impacto será definitivo.

–Espera un momento. ¿Quién es Caro?

–La exmujer de Hollister –le explicó Portia–. Se divorciaron hace un año y lo ha pasado muy mal porque Hollister intentó destruirla durante el proceso de divorcio, pero se ha recuperado y tiene muchos contactos en esta ciudad.

–Cuando Hollister vuelva a Houston, el laboratorio ya nos habrá enviado el resultado de las pruebas genéticas que hicimos ayer. Tendremos la prueba de que eres nuestra hermana y él se verá obligado a aceptarlo. Tendrás el dinero el lunes.

–Muy bien, el lunes. De acuerdo.

¿Qué podría ir mal?

Su mayor miedo era Grant Sheppard.

Cuando Portia le propuso el plan le pidió la lista de invitados, y le había dicho que no se asustase, que habría algunos nombres importantes, políticos, estrellas del deporte, pero nadie que supusiera un peligro. Y que ellos estarían a su lado en todo momento.

Por supuesto, su definición de peligro y la de Portia podían diferir. Al fin y al cabo, ellos no sabían que había tenido una aventura con su mayor rival, cuyo resultado era una hija.

Pero Grant no acudiría a aquel evento. ¿Por qué iba a acudir a una cena organizada por los Cain?

Meg, Sydney y Griffin empezaron a moverse por el salón, Griffin presentándola como miembro de la familia. Todo el mundo se mostraba tan amable que la noche empezaba a parecerle irreal. En un momento alguien le ofreció una copa de champán, y luego otra.

Portia, Cooper y Caro habían llegado a la fiesta horas antes para encargarse de todo y Dalton, como cabeza de familia ya que Hollister estaba fuera de la ciudad, llegaría un poco más tarde.

—Como todo el mundo sabe que eres un hombre sin corazón, ver que la recibes con una sonrisa y que muestras alguna emoción humana, convencerá a todos de que es nuestra hermana perdida —había dicho Griffin, irónico.

—Muy gracioso, pero podrías tener razón.

Meg había intentado decir que todo aquello era demasiado elaborado. Demasiadas cosas podían ir mal, pero nadie le hacía caso. ¿Y qué sabía ella? Lo suyo era hacer pasteles. No había una sola palabra en su vocabulario para ese tipo de maquinaciones.

Lo único que podía hacer era sonreír amablemente, intentar recordar los nombres y evitar hablar de… en fin, de todo. Iban a pensar que era tonta, pero le daba igual. Lo único que necesitaba era aguantar unos días y no encontrarse con Grant.

No quería volver a verlo, ni a él ni a su elegante esposa, en la vida.

Cuando Dalton y Laney llegaron al hotel, la gente prácticamente se apartaba a su paso. Como Portia había predicho, todos estaban pendientes de ese momento.

Aunque había conocido a esas personas dos días antes, y aunque no confiaba en ellos del todo y seguramente no lo haría jamás, Meg se sentía curiosamente reconfortada por su presencia.

No se hacía ilusiones sobre ningún tipo de afecto, pero estaban ayudándola y eso era lo importante. Estaban dándole su apoyo ante la alta sociedad de Houston y, en ese momento, parecía como si toda la ciudad estuviese presenciando la escena.

Dalton saludó a Portia, su exmujer y en aquel momento su cuñada, con genuino afecto antes de volverse hacia Meg para abrazarla.

Y, por primera vez en su vida, Meg sintió como si de verdad tuviese un hermano.

Pero fue entonces cuando ocurrió el desastre.

Fue entonces cuando Grant Sheppard entró en el salón.

Capítulo Tres

Grant Sheppard odiaba ese tipo de eventos. No le importaba aportar dinero a organizaciones benéficas, pero organizar una cena que costaba una fortuna solo para recaudar setenta y cinco mil dólares no tenía sentido y era una forma muy aburrida de pasar la noche.

Aparte de eso, la gala anual de la fundación era siempre organizada por los Cain, la única razón por la que se molestaba en acudir; no quería que nadie pensara que los Cain lo asustaban, aunque las décadas de rivalidad entre las dos familias hacían que se evitasen mutuamente.

Pero había otra razón, más personal, para estar allí; no podía ver a un Cain sin pensar en Meg, su dulce Meg. La única mujer a la que había estado a punto de amar.

Meg, que sabía a azúcar y que, por un breve momento, había tenido su corazón en las manos. Meg, que seguramente lo odiaba por haberla dejado sin decir una palabra. Y que lo odiaría aún más si supiera la verdad.

Amarla era otra razón para odiar a los Cain, aunque Meg fuese uno de ellos.

La rivalidad entre los Cain y los Sheppard empezó veinte años atrás, cuando Hollister echó de la empresa a su padre, Russell. Había algunas cosas de las que un hombre no se recuperaba jamás, por ejemplo que te hundiese tu mejor amigo, tu socio, tu mentor. Y el padre de Grant no se había recuperado. Había ido dando tumbos durante una década; nunca volvió a ser el mismo.

Hollister Cain había destruido a Russell Sheppard y Grant había jurado hacer lo mismo con Hollister y su familia. Después de años de maniobras orquestadas estaba tan cerca de hundir la empresa Cain que casi podía saborear la victoria.

Grant se dirigió a la barra, aunque él no solía beber mucho. Ver cómo su padre se convertía en un alcohólico había sido terrible, pero tener una copa en la mano le daba algo que hacer mientras navegaba en aquel tanque de tiburones.

El camarero acababa de servirle la copa cuando una guapísima morena apareció a su lado.

–Hola, Becca.

–Hola, Grant –murmuró ella, poniéndose de puntillas para darle un beso en la cara–. ¿Cómo estás?

–Igual que siempre.

Habían salido juntos unos años antes, pero él no estaba interesado en el matrimonio y Becca se había casado con un magnate del petróleo de sesenta y tres años miembro del consejo de administración de la empresa Cain, por cierto.

–Tengo un cotilleo para ti –dijo Becca.

–Ya sabes que no estoy interesado en cotilleos.

–Es sobre los Cain. Vas a enterarte enseguida, pero quiero ser la primera en contártelo.

Grant vio al marido de Becca charlando con un senador.

–Muy bien. ¿Quieres una copa?

–Vino blanco, por favor.

Becca prefería tequila, pero nunca lo bebía en público. Como él, había crecido alejada de la alta sociedad de Houston. Provenía de una familia de clase media que nunca estuvo incluida en los círculos importantes y, como él, había tenido que luchar con uñas y dientes para llegar arriba. Aunque ella lo había hecho por medio de un matrimonio ventajoso.

Ninguno de los dos se sentía particularmente orgulloso, pero se entendían el uno al otro. Becca habría sido la mujer perfecta si se hubiera contentado con alguien que no estuviese en la cima, pero él no lo estaba entonces y, además, no le interesaba el matrimonio.

–¿Cuál era el cotilleo?

–Sabes que hace un par de años Hollister Cain perdió la cabeza cuando descubrió que tenía una hija de la que no sabía nada, ¿verdad?

–Sí, claro. Sé que amenazó con desheredar a sus hijos a menos que uno de ellos la encontrase.

Becca le tocó el brazo.

–Y esa fue una gran noticia para ti. Los rumores lograron desestabilizar un poco la empresa Cain y no ayudó nada que Dalton renunciase a su puesto de presidente y Griffin ocupase su sitio.

–Aunque Griffin está siendo más competente de

lo que nadie hubiera podido imaginar –admitió Grant, a regañadientes.

–La cuestión es que Hollister está perdiendo el contacto con la realidad, pero eso podría cambiar –Becca se inclinó hacia él, bajando la voz–. Si piensas cargarte la empresa Cain, tienes que hacerlo ahora.

–¿Por qué?

Cuanto más tiempo circulasen los rumores sobre la mala salud de Hollister, mejor para él.

–Porque han encontrado a la heredera perdida.

Por un momento, el corazón de Grant se detuvo.

–No, eso no puede ser.

Estaba seguro de que no la habían encontrado. No era posible, no podían haberlo hecho sin que él lo supiera.

Los rumores de que Hollister tenía una hija secreta lo habían empujado a buscarla. Tenía los documentos personales de su padre, del tiempo en el que habría nacido esa hija, y había logrado encontrar a Meg. Al principio había pensado utilizarla contra los Cain, pero todo eso cambió cuando se enamoró de ella. O se encaprichó, aún no estaba seguro.

Y después de dejarla había estado vigilándola. El banco Sheppard tenía una sucursal en Victoria, frente a su pastelería, y tanto el director como los guardias de seguridad tenían orden de informarle si alguien de la familia Cain apareciera por allí.

Él conocía a los Cain y conocía a Meg. ¿Era tan malo querer protegerla de esos canallas?

–Pues así es –Becca sonrió, mirándolo con mali-

cia–. De hecho, está aquí esta noche –añadió, señalando hacia el otro lado del salón–. Estaba bailando
con Dalton la última vez que la vi, compruébalo por
ti mismo.

–¿Está aquí?

–Ha venido toda la familia para presentarla en
sociedad –Becca dio un golpe de melena, fingiendo
desinterés–. Un poco prematuro, en mi opinión.
Aparentemente, la encontraron la semana pasada.
Yo juraría que ese vestido que lleva es uno que Portia se puso hace dos años…

Becca siguió hablando, pero Grant había dejado
de escuchar. En lugar de eso miraba entre la gente,
intentando encontrar a la mujer misteriosa.

Grant se disculpó con Becca, decidido a comprobar qué tramaban los Cain y consolándose a sí
mismo pensando que, fuera quien fuera, al menos
sus maquinaciones no dañarían a Meg.

La gente se apartó a su paso y vio a Dalton con
una mujer bajita en la pista de baile. Su pelo, sujeto
en un elaborado moño, era de un tono de castaño
demasiado brillante para ser natural…

Entonces Dalton se dio la vuelta y Grant pudo
ver la cara de la mujer.

Demonios.

Habían encontrado a su Meg.

Meg tendría que aguantar en la fiesta al menos
una hora más. Eso era lo que Portia había respondi-
do cuando le preguntó cuánto tiempo tendría que

quedarse como un trofeo esperando ser entregado al ganador.

–A las diez empieza la subasta, que terminará a las once, y luego habrá dos horas de música. Puedes irte a las diez y cuarto si quieres.

Tenía que aguantar una hora sin que Grant la viese. Pero no sabía cómo iba a hacerlo cuando los Cain habían orquestado aquel encuentro para que todo el mundo hablase de ella.

Estuviera donde estuviera, no podía dejar de pensar que Grant estaba en el mismo salón. Intentaba no mirarlo, pero lo veía cada vez que levantaba la cabeza… Meg buscó a la preciosa rubia con la que lo había visto unos días antes, pero no parecía estar por ningún sitio. Tal vez había ido solo.

–¿Por qué no le has pedido a Griffin que bailase contigo? Es mejor bailarín que yo.

–Porque él habría querido que hablásemos –admitió ella.

–Imagino que estás un poco abrumada.

–¿No lo estarías tú?

Dalton asintió con la cabeza, luego se quedó en silencio y Meg lo agradeció. Era tan alto que nadie podría verla escondida detrás de ese corpachón.

–¿Puedo interrumpir?

Meg cerró los ojos, cuando los abrió, no se atrevía a mirarlo.

–No, no puedes –respondió Dalton.

–He oído que debo felicitaros –dijo Grant, ignorando la grosería–. Habéis encontrado a la hermana perdida.

32

Por fin, Meg se atrevió a levantar la cabeza. Aunque hablaba con Dalton, Grant la miraba directamente a los ojos, si no lo conociese bien pensaría que no se acordaba de ella o no la había reconocido, pero eso era imposible.

–Meg, te presento a Grant Sheppard, presidente del banco Sheppard.

–Encantada de conocerte –dijo él, ofreciéndole su mano.

Como si no se conocieran, como si no hubieran pasado incontables noches en la cama, como si no hubiera estado dentro de ella.

Meg tuvo que hacer un esfuerzo para estrecharle la mano, preparándose para el impacto de sentir su piel por primera vez en dos años. Como su tono de voz, el roce fue frío e impersonal.

–Bienvenida a Houston.

–Gracias, pero no es la primera vez que vengo.

Grant esbozó una sonrisa.

–¿Te apetece bailar?

Meg estaba a punto de rechazar la invitación, pero había demasiada gente mirando. Además, no podía dejar de pensar que era una prueba. No había sitio para ella en ese mundo, el mundo de los Cain y los Sheppard, y ella lo sabía.

Pero, por Pearl, tenía que convencerlos de que era una Cain. Ningún Cain se sentiría intimidado jamás por nada ni por nadie, y tampoco un Sheppard.

–No tienes que hacerlo –le recordó Dalton en voz baja.

–No importa –dijo Meg, intentando olvidar sus miedos y sus dudas.

Estaba haciendo lo que debía por Pearl. Incluso intentó olvidar a Grant frente al banco, con la mano en la cintura de la preciosa rubia.

–Bueno, señor Sheppard, ¿le gusta su trabajo en el banco? –le preguntó, para distraer a sus hormonas.

Él la miró en silencio durante unos segundos antes de apretarla aún más de la cintura.

–¿Es así como quieres jugar?

–No sé a qué te refieres.

–¿Vas a fingir que no me conoces?

Meg se apartó un poco.

–Es que no te conozco.

–Meg… –murmuró él, bajando la voz.

–No –lo interrumpió ella–. No actúes como si tuvieras derecho a pronunciar mi nombre de ese modo.

–¿De qué modo?

–Con ese tono íntimo.

Grant sonrió como si fuera un cumplido y Meg sintió el deseo de darle una bofetada.

–No actúes como si me conocieras.

–Yo no…

–Soy una persona completamente diferente y, por supuesto, tú no eres el hombre del que me enamoré. Nunca lo fuiste, todo era mentira.

Grant apartó la mirada.

–No es bueno para ninguno de los dos hablar de eso aquí.

–¿Por qué? ¿Porque tu novia podría vernos o porque tu mujer podría enterarse después?

–¿Mi mujer? ¿De qué estás hablando? –Grant sacudió la cabeza, como si no quisiera escuchar la respuesta.

Tampoco ella tenía intención de seguir hablando del tema. Afortunadamente, la canción terminó y Meg se apartó, obligándolo a soltarla.

–Gracias por el baile, señor Sheppard. Ha sido muy interesante.

–Espera –dijo él, tomándola del brazo–. No podemos hablar aquí, pero tenemos que hablar. ¿Podemos comer juntos mañana, o cenar?

–¿Me estás pidiendo una cita? –exclamó Meg, intentando contener una carcajada histérica.

–No –respondió él–. No se trata de una cita, sino de una charla, una conversación.

–No tengo intención de comer o cenar contigo.

Grant se quedó mirándola con una expresión extrañamente triste.

–Hay cosas de las que debemos hablar.

Meg se acercó un poco más para que nadie pudiese oírla.

–Eres un canalla y un mentiroso, no tengo nada más que decirte. Y nada de lo que tú puedas decir me interesa.

No le dio oportunidad de replicar porque sabía muy bien lo encantador que podía ser. Pero mientras se abría paso entre la gente para buscar a los Cain se preguntó si había estado mintiéndose a sí misma tanto como a él.

Había tantas cosas que debería haberle contado. Cuando tomó la decisión de no hablarle del embarazo le había parecido lo más razonable, pero en aquel momento… ya no estaba tan segura.

Una parte de ella quería conocer su reacción. Una parte de ella nunca había dejado de preguntarse por qué Grant se había marchado sin decir una palabra.

Grant observó a Meg alejándose. Había hecho todo lo posible para evitar que los Cain la encontrasen. Nadie más que él tenía información sobre su paradero. Ni su hermana ni su madrastra, nadie. Además, si los Cain la hubiesen encontrado, él lo habría sabido en cuestión de horas. No debía aparecer de repente en una cena benéfica, pillándolo por sorpresa.

¿Qué había ido mal?

Becca apareció a su lado y le puso una mano en el hombro.

—Tengo la impresión de que no ha ido como tú esperabas.

—Intuitiva como siempre –bromeó Grant.

—Parece que los millones de Hollister al final van a quedarse en la familia.

—No si yo puedo evitarlo.

Vio a Meg hablando con Sydney y luego con Griffin, Dalton y Portia. No tenía que escuchar la conversación para saber que Meg quería irse y ellos le pedían que esperase…

A su lado, Becca se puso de puntillas para preguntarle al oído:

–¿Quieres bailar?

No quería, pero tampoco iba a ser grosero con ella, de modo que señaló en dirección a su marido.

–No creo que a Daniel le hiciese gracia.

–Mi marido está distraído –respondió ella con cierta amargura.

Daniel estaba en la barra con una rubia más joven que Becca que le reía las gracias como si fuera el hombre más divertido del mundo.

Grant sintió una punzada de compasión; la conocía lo suficiente como para saber que no engañaría a su marido. Podía estar resentida por la situación que se había buscado ella sola, pero no lo engañaría con otro hombre.

Y si Becca podía aguantar la situación, él haría lo mismo.

–Esta noche no, cariño. El deber me llama.

Deseando hablar con Meg a solas, decidió seguirla. Pidió las llaves de su Lexus en la puerta del hotel y cuando por fin Meg subió en un taxi, Grant estaba esperando al otro lado de la calle.

No estaba persiguiéndola ni acosándola, se dijo a sí mismo. Solo iba a seguirla por precaución.

Esperaba que el taxi la llevase a la mansión de Hollister Cain en River Oaks, de modo que le sorprendió ver que se dirigía a la entrada de la autopista 45 en dirección sur. Y le sorprendió más cuando tomó una salida a las afueras de la ciudad.

Media hora después, el taxi se detuvo frente al

peor hotel de carretera en toda la ciudad de Houston. Entre el viejo cartel de neón y las ventanas tapadas con tablones, Grant no podía creer que aquel sitio estuviera abierto y funcionando.

Grant aparcó el Lexus y atravesó el aparcamiento lleno de baches para tomarla del brazo cuando iba a subir por la escalera.

—¿Qué haces aquí a estas horas?

Ella se detuvo, asustada, llevándose una mano al pecho.

—Me has dado un susto de muerte.

—¿Ese tipo está molestándola? —oyó que preguntaba el taxista.

—No, no pasa nada. Estoy bien —respondió Meg—. El señor Sheppard es un viejo amigo.

El taxista lo miró de arriba abajo antes de volver a meterse en el coche. Cuando desapareció, Grant se volvió hacia ella.

—Gracias.

—¿Por qué? —Meg lo miraba como si fuera una de las ratas que corrían por el aparcamiento.

—Por confiar... —Grant estaba a punto de decir «en mí», pero se lo pensó mejor— en mis intenciones.

—Si mañana amanezco cadáver, tú serás el primer sospechoso, por eso le he dado tu apellido al taxista. Así que deberías cuidar de mi seguridad.

—Gracias por darme la oportunidad de hablar contigo —dijo Grant, siguiéndola escaleras arriba.

—¿Quién ha dicho que voy a darte una oportunidad?

Meg se detuvo frente a una puerta y metió la llave en la cerradura. Una llave de verdad, no una tarjeta magnética. ¿Cuántos años tenía ese hotel?

Entró en la habitación, pero antes de que pudiese cerrar, Grant introdujo un pie en el quicio de la puerta.

–Cinco minutos –le suplicó.

Ella miró el zapato negro como si fuese una bala de cañón.

–Cinco minutos –asintió, a regañadientes, antes de apartarse para dejarlo entrar.

La habitación era peor de lo que había esperado, con una moqueta que algún día había sido de color naranja y un edredón del mismo color desteñido, un fregadero oxidado y una cocina que parecía capaz de incendiar todo el edificio. Sentía que necesitaba una inyección antitetánica solo por estar allí.

–Qué horror. ¿Cómo puedes alojarte aquí?

Ella enarcó una ceja.

–Bienvenido a mi humilde hogar.

–¿En serio te alojas aquí?

–Hasta que me marche de Houston –respondió ella mientras se quitaba las joyas que le habían prestado.

–¿De verdad vas a quedarte aquí hasta que te marches de Houston? –insistió Grant.

–Puedes seguir criticando el hotel o decirme lo que hayas venido a decir. Te he dado cinco minutos, ni uno más.

–¿Cuánto tiempo vas a estar en la ciudad?

–Hasta que consiga lo que he venido a buscar.

–¿Y qué es?

–Convencer a Hollister de que soy su hija, evidentemente.

–¿Te han contado por qué tienen que convencer a Hollister de que eres su hija?

–Sí, claro. Sé que Hollister los retó a encontrarme o los desheredaría, pero han sido muy directos conmigo y me tratan muy bien.

–Pues claro que te tratan bien, eres la respuesta a todas sus plegarias. Ahora que te tienen, todos sus problemas están solucionados. Te están utilizando, Meg.

–¿Me están utilizando? –repitió ella, enarcando una ceja.

–Sí.

–¿Y eso lo dices tú?

Grant se pasó una mano por el pelo, frustrado.

–Mira, sé que lo que hice no estuvo bien…

–¿De verdad?

Él sacudió la cabeza.

–Sé que estuvo mal y sé que no tengo ningún derecho a meterme en tu vida…

–Desde luego que no –lo interrumpió ella–. No tienes nada que decir.

–Pero tú no sabes dónde te metes. Los Cain son fríos, manipuladores…

–¿Ah, sí? Pues por el momento se han portado de maravilla conmigo.

–¿Por eso te alojas en este hotel asqueroso?

Meg levantó la barbilla en un gesto retador.

–Yo no acepto caridad de nadie. Este hotel es el único que podía pagar.

Grant miró alrededor. Los Cain tenían millones de dólares en bienes inmobiliarios, sin contar otras inversiones, y Meg se alojaba en aquella pocilga...

Furioso, la tomó del brazo, conteniendo el deseo de apretarla contra su torso y besarla de nuevo, saborearla una vez más.

–Ahora eres una Cain y puedes permitirte ir al hotel más lujoso de la ciudad.

Ella lo miraba, desafiante.

–Soy una Cain, siempre he sido una Cain y es aquí donde quiero alojarme.

Grant miró sus labios y, por un momento, el deseo de besarla era abrumador. ¿Seguiría sabiendo a canela y azúcar? ¿Seguiría derritiéndose con un beso?

Antes de que pudiese comprobarlo, ella dio un paso atrás.

–Creo que deberías irte.

–Yo no...

–No tengo nada más que decirte.

–Esto no ha terminado.

Ella lo miró con un brillo de desafío en los ojos.

–Han pasado más de dos años.

Por fin, después de unos segundos en silencio, Grant se dio la vuelta.

–No olvides cerrar la puerta con llave.

–No soy tonta.

–Ya –murmuró él, mirando alrededor–. A pesar de estar sola en la peor zona de la ciudad.

–A mí me parece muy segura.

–Hay traficantes de droga que no se alojarían aquí.

Meg se limitó a señalar la puerta y Grant salió de la habitación sin decir una palabra más.

Había olvidado lo obstinada que era.

Esperó fuera hasta que la oyó cerrar con llave y bajó al aparcamiento, suspirando. Luego subió a su coche, pero no arrancó. En lugar de hacerlo, se echó hacia atrás en el asiento y cerró los ojos.

No iba a dejarla sola allí, pero iba a ser una noche muy larga.

Capítulo Cuatro

A pesar de haberse acostado tarde y apenas haber conciliado el sueño, Meg se despertó temprano. Llevaba demasiados años despertando al amanecer para ponerse a trabajar en el obrador de la pastelería y le resultaba imposible dormir hasta tarde.

Había dejado su coche en casa de los Cain, de modo que tendría que pedir un taxi. Había sido tan tonta como para pensar que los Cain podrían presentarla en sociedad sin encontrarse con Grant. Sí, Houston era una ciudad de dos millones de habitantes, pero los ricos eran solo un puñado y debería haber imaginado que Grant estaría allí.

Había conocido a Grant una tarde, cuando entró en su pastelería. Estaba en el pueblo por un asunto de negocios, le había dicho, y eso debería haberla hecho sospechar, ya que poca gente iba a Victoria por asuntos de negocios y cuando lo hacían no solían llevar trajes de chaqueta italianos.

Grant no le había pedido una cita inmediatamente. Iba a la pastelería todos los días para comprar un pastel o tomar un café y, poco a poco, ella había ido bajando la guardia. Cuando le pidió que saliera con él buscó su nombre en Google y descubrió que era rico y de Houston, pero entonces no se le ocurrió conectarlo con los Cain, la familia a la que ni ella misma conocía. No se le ocurrió que pudiese haber ido a buscarla porque sabía que era hija de Hollister. Solo tres personas sabían eso: su abuelo, su madre y ella. Y dos de esas personas se habían llevado el secreto a la tumba.

Sencillamente, no se le había ocurrido que pudiese tener un motivo oculto para salir con ella.

Había sido una tonta.

Pero, aunque lo lamentaba, no lamentaba su aventura con Grant. ¿Cómo iba a hacerlo si el resultado era su hija Pearl, lo más bonito de su vida?

Después de la noche anterior, agradecía más que nunca no haberle dicho que tenían una hija en común.

Se había enamorado de él porque le pareció encantador, simpático, divertido, pero el Grant con el que bailó por la noche, el que la había seguido hasta el hotel, era un hombre arrogante y grosero. Creía saber cuál de los dos era el Grant Sheppard real, y no le interesaba nada aquel hombre arrogante. No lo quería cerca de su hija. Afortunadamente había acudido a los Cain para pedir ayuda en lugar de pedírsela a él.

Meg se sentó en la cama, pensativa, mirando el vestido que le había prestado Portia para la gala. Era tan bonito, tan exclusivo, pero quería devolverlo lo antes posible porque no era ella.

La auténtica Meg estaba en Victoria, haciendo pasteles en su obrador, con Pearl jugando a su lado y los clientes tomando café y bollos en la cafetería.

Pronto su vida volvería a la normalidad.

Los resultados de la prueba de ADN llegarían el lunes y Hollister volvería de Vail el martes. Solo tenía que aguantar un par de días más y una incómoda reunión con su padre y todo habría terminado. Volvería a Victoria con doscientos mil dólares en el bolsillo para pagar la operación de su hija, que era lo único importante.

Saltó de la cama para ducharse y cambiarse de ropa y trabajó en su ordenador portátil hasta que oyó ruidos en la habitación contigua, en la que se alojaba una familia entera. Llevaban allí dos meses, le habían dicho. Cinco personas en una habitación. Meg suspiró. Su vida podía ser complicada en aquel momento, pero había personas que lo pasaban aún peor.

Suspirando, metió el collar y la pulsera en el bolso de pedrería que Portia le había prestado y envolvió los pendientes de diamantes que le había regalado en un pañuelo que guardó en el bolsillo del pantalón.

Luego salió de la habitación y llamó a la puerta de al lado. Un momento después la señora Moreno abría con un bebé en brazos.

—Buenos días, Meg.

—Buenos días. ¿Chuy está aquí?

La señora Moreno llamó a Chuy, que salió del baño metiéndose los faldones de la camisa en el pantalón.

Era un adolescente delgado y fuerte, más formal que hombres que le doblaban la edad. Meg no sabía dónde estaba el señor Moreno o si existía, pero sí que era Chuy quien llevaba dinero a su madre.

–Hola, Meg. ¿Todo bien?

–Solo quería darte las gracias por arreglarme el coche.

El chico hizo un gesto con la cabeza.

–¿Y el del traje?

Meg miró por encima de su hombro y estuvo a punto de soltar una palabrota. Allí estaba Grant, con su esmoquin y la camisa blanca de la noche anterior, todo arrugado. Incluso iba despeinado, como si acabara de levantarse de la cama.

–¿Qué haces aquí?

Grant esbozó una sonrisa.

–Eres tú quien dijo que debería cuidar de tu seguridad –le recordó, señalando el Lexus en el aparcamiento–. Considéralo una inversión.

–¿Has dormido en el coche?

–Sí, claro.

Meg le hizo un gesto con la mano.

–No te muevas de ahí.

–Oye, que no soy un perro.

–Por suerte. Los perros que duermen en aparcamientos acaban en la perrera –Meg se volvió hacia Chuy–. Como he dicho, solo quería darte las gracias por arreglar mi coche.

–No fue nada –dijo el chico.

–No, en serio, me salvaste la vida –Meg sacó los pendientes del bolsillo–. No puedo pagarte con dinero, pero puedo darte estos pendientes...

–¿Ha arreglado tu coche? –intervino Grant.

—Se le había soltado el radiador —le explicó Chuy—. No fue nada.

—Para mí, sí —insistió Meg—. Así que quiero…

Grant le quitó los pendientes de la mano.

—¿Son los pendientes que llevabas anoche?

Meg lo fulminó con la mirada.

—Portia me los regaló y quiero pagar a Chuy con ellos.

—¿Por colocar un radiador?

—Iba a pedirle que me llevase al centro, ya que mi coche está en casa de Portia.

—¿Te parece buena idea darle diamantes a un crío?

—¿Por qué no?

—Para empezar, si intenta empeñarlos o venderlos seguramente acabaría en la comisaría —Grant miró a Chuy—. No te ofendas.

—No me he ofendido —respondió el chico—. Además, no los habría aceptado. Gracias de todas formas, Meg.

Ella dejó escapar un suspiro de frustración cuando Grant sacó su cartera del bolsillo y le ofreció unos cuantos billetes.

Chuy lo miró un momento antes de aceptar el dinero.

—¿Aceptas su dinero, pero no el mío? —protestó Meg.

El chico esbozó una sonrisa.

—Si tuvieras mucho dinero a lo mejor habría aceptado. Y si tienes amigos con tanto dinero, no deberías alojarte en este hotel —Chuy señaló a

Grant con el dedo–. ¿Por qué dejas que se aloje aquí? Llévatela a un sitio más seguro –sugirió, antes de cerrar la puerta de la habitación.

–Eso intento –murmuró Grant, volviéndose hacia Meg–. Vamos a buscar tus cosas.

–Un momento…

–No te lo estoy ordenando, te lo estoy pidiendo. Por favor, por mi espalda y por mi cordura, deja que te lleve a otro sitio.

Meg sintió que le ardía la cara. ¿Dónde pensaba llevarla?

Entonces, casi como si hubiera leído sus pensamientos, Grant añadió:

–Si de verdad no tienes dinero, por favor, pídeselo a los Cain.

–De eso nada.

–Entonces deja que te lleve a un hotel decente.

–Ah, claro, la heredera perdida de los Cain al fin ha sido descubierta –replicó ella, irónica– y el mayor enemigo de los Cain la lleva a un hotel de lujo. Eso sentaría muy bien, sí. Dalton parecía a punto de sufrir un aneurisma cuando bailamos anoche y…

–No pensaba pedirle permiso a Dalton, pero si fuera una persona decente sufriría un aneurisma al ver este hotel. Si no aceptas ayuda ni de ellos ni de mí, empeña esos malditos pendientes y usa el dinero para pagar un buen hotel.

Meg miró alrededor. Sí, era un sitio horrible y la única razón por la que obstinadamente había insistido en alojarse allí era que… en fin, no lo sabía.

Como si estuviera agarrándose a lo que ella era, como si al dejar que Grant o los Cain la alojasen en un sitio mejor estuviera dándoles control sobre su vida.

Pero eso era inevitable y lo había sabido desde el principio. Desde el momento que subió a su coche para dirigirse a Houston había sabido que iba a poner su vida en las manos de alguien con dinero y poder. Tal vez los Cain no eran mejores que Grant, pero al menos ellos no podían hacerle daño.

–Muy bien, sacaré mis cosas y luego veré lo que hago –Meg abrió la puerta y se volvió con gesto amenazador.

–Te espero fuera –dijo Grant.

Diez minutos después estaban sentados en el Lexus.

–¿Adónde vamos?

–Imagino que no querrás llevarme a un hotel modesto, así que a casa de Portia.

–Muy bien –asintió Grant, muy serio.

–Si no recuerdo mal, antes tenías sentido del humor.

–El sexo suele mejorar el sentido del humor de un hombre.

Meg lo miró por el rabillo del ojo. No había esperado que sacara ese tema.

Las cosas habían sido explosivas entre ellos dos años antes. Una vez que se rindió a la atracción que había entre los dos había sido… increíble.

Sujetaba el volante con energía, pero de forma relajada, con esas manos tan grandes, tan masculinas.

Sintió un escalofrío al recordar sus caricias. A Grant le gustaba controlar y a ella le encantaba hacer que perdiese el control

Seguía siendo increíblemente vulnerable ante aquel hombre.

Hicieron el viaje en silencio. Meg iba con los brazos cruzados sobre el pecho, mirando por la ventanilla, sin decir una palabra.

Una vez que saliera del coche desaparecería de su vida otra vez, tal vez para siempre. Y sería lo mejor. Desde luego, Meg no lo necesitaba en su vida. Nunca lo había necesitado.

Salvo que su vida ya no era suya del todo. A partir de ese momento, en cierto modo pertenecía a los Cain. Ella no parecía darse cuenta, pero su vida había cambiado para siempre. Y él sabía mejor que nadie lo vulnerable que era, lo ingenua.

Y de alguna forma, por algún milagro, que la hubiese engañado no parecía haberla afectado. Seguía siendo la misma persona de antes, confiada, generosa.

—¿Cómo puedes ser tan confiada? —le preguntó, rompiendo el silencio—. Los Cain y ese chico del hotel...

—Chuy Moreno y su familia han sido muy amables conmigo. Y los Cain también.

—No puedes confiar...

Meg levantó una mano.

—Un canalla me hizo daño, pero no voy a dejar

que eso dicte cómo vivir el resto de mi vida –lo interrumpió–. No voy a dejar que me conviertas en una cínica, una desconfiada. Me niego a ser como...

–No quieres ser como tu padre –dijo Grant. Se lo había contado ella misma cuando estaban juntos–. Después de lo que Hollister le hizo a tu madre.

–¿Tú qué sabes de eso?

–Hollister y mi padre eran socios cuando tú fuiste concebida –respondió Grant–. Mi padre llevaba un diario, así que creo saberlo casi todo. Además, sé cómo trataba Hollister a las mujeres. Mi madrastra, la mujer que me crio, también tuvo una aventura con él antes de casarse con mi padre y sé mejor que nadie lo que le hizo a...

–No pienso hablar de Hollister contigo –lo interrumpió Meg, pasándose una mano por el pelo–. Y, para tu información, iba a decir que no quiero ser como tú.

Grant no dijo nada. ¿Qué iba a decir? Permaneció en silencio hasta que llegaron a la casa de Portia. No era la mansión que había esperado sino una residencia modesta, aunque el vecindario era de los mejores. Podría haber dudado que aquel fuera el sitio, pero el Chevy de Meg estaba aparcado delante de la casa. Estaba hecho una ruina cuando se conocieron dos años antes y no podía creer que siguiera funcionando.

Grant detuvo el coche y se volvió para mirarla.

–Lo que hice estuvo mal y lo sé. No voy a decir lo contrario.

Meg enarcó una ceja.

–Qué generoso por tu parte. Me alegro de que lo reconozcas.

–Mira, cuando aparecí en Victoria tenía un plan, y seducirte no era parte de ese plan...

–Yo estaba allí, ¿recuerdas? –lo interrumpió ella–. No tienes que contarme lo que pasó. Estuvimos juntos durante dos meses y luego desapareciste sin decir una palabra.

–Pero necesito que entiendas por qué lo hice.

–¿Para qué? ¿Para no sentirte culpable? No, gracias. Si quieres absolución, tendrás que buscarla en otro sitio.

–No es eso lo que quiero –Grant suspiró. Sabía que no merecía su perdón y no iba a pedírselo–. Los Cain son como yo, harán lo que tengan que hacer para conseguir lo que quieren. Te utilizarán, te manipularán.

–¿Y me crees tan tonta como para no protegerme a mí misma? Si los Cain me manipulan, es asunto mío. Nada de esto tiene que ver contigo. Tú estás fuera de mi vida, no tienes ninguna responsabilidad.

Antes de que pudiese detenerla, Meg bajó del coche y golpeó el capó con la mano para que lo abriese.

¿Qué debía hacer? ¿Dejarla entrar en territorio enemigo? ¿Dejar que la engañasen una vez más y quedarse mirando sin hacer nada? Pues no, no iba a permitirlo.

En lugar de abrir el capó desde dentro, bajó del coche y sacó la bolsa del vestido y la maleta.

Meg se quedó mirándolo, sus ojos azules cargados de desdén, mientras esperaba que le diese sus cosas. Era el momento, la última vez que hablaría con ella. Todo había terminado.

–Cuídate, Meg. Si alguna vez necesitas...

–No te necesito para nada –lo interrumpió ella, tomando la maleta y la bolsa del vestido.

Se dirigía a la casa cuando la puerta se abrió y Portia apareció en el porche en vaqueros y camiseta, con Cooper a su lado.

Como al resto del mundo, a Grant le parecía extraño que Portia y Cooper se hubieran casado seis meses antes, pero él nunca había tenido ningún problema con Cooper Cain, de modo que se sorprendió cuando bajó los escalones del porche y se dirigió hacia él con cara de pocos amigos.

–¿Qué pasa aquí? –empezó a decir, pero antes de que pudiese terminar la pregunta Cooper le lanzó un puñetazo que lo hizo trastabillar.

Cooper lo agarró por la pechera de la camisa y lo empujó contra el coche.

–Le has hecho daño a mi hermana.

Grant vio que levantaba el puño y aceptó el golpe; lo justo era lo justo. Había hecho daño a Meg, era cierto. Y si Cooper quería darle un par de puñetazos tenía derecho, porque eso era lo que él habría hecho en su situación.

–Eres un canalla –dijo Cooper.

Grant alargó los brazos en señal de paz.

–Espera un momento. Sé razonable...

–La dejaste embarazada y luego la abandonaste.

–¿Qué? –exclamó Grant, atónito.

Tanto que cuando Cooper le dio un puñetazo en el mentón estaba tan desarmado que perdió el conocimiento.

Grant despertó en un sofá con una bolsa de guisantes congelados sobre la cabeza. Tardó unos minutos en orientarse y lo primero que notó fue el olor a canela y el roce de unos dedos suaves y cálidos en su frente.

El olor de Meg.

Lentamente, empezó a recordar. Meg estaba Houston, con los Cain. Intentaba advertirle contra ellos, pero Cooper había salido de la casa como un loco y le había dado un puñetazo...

Diciendo que había dejado a Meg embarazada.

A pesar del dolor de cabeza, Grant abrió los ojos.

Allí estaba, a su lado, sentada al borde del sofá. No veía a nadie más en el salón y en los ojos de Meg había un brillo de preocupación.

Grant apretó la mano con la que sujetaba la bolsa de guisantes.

–¿Cooper ha dicho la verdad?

–No sé cómo lo ha descubierto, porque yo no se lo he contado a nadie y...

–¿Pero ha dicho la verdad? ¿Estabas embarazada cuando me fui de Victoria?

–¿Qué importa eso? –Meg se levantó del sofá y le dio la espalda.

–Claro que importa –Grant tuvo que hacer un esfuerzo para incorporarse–. ¿Tenemos un hijo, Meg?

–Yo tengo una hija.

–¿Y es mía?

Meg se volvió entonces, fulminándolo con la mirada.

–No –respondió–. Es mi hija, solo mía.

–¿Es mía?

Meg no respondió, pero no tenía que hacerlo. Si las circunstancias fuesen diferentes, si ella le hubiese dado la noticia, tal vez la habría cuestionado. Incluso podría haber pedido una prueba de paternidad. Pero Meg se lo había escondido y eso lo convencía de que él era el padre de esa niña.

Cooper había dicho la verdad. Meg y él tenían una hija… una niña que tendría casi dos años, una niña pequeña.

Tenía una hija.

Sentía que le iba a explotar la cabeza y tuvo que hacer un esfuerzo para no cerrar los ojos de nuevo. Cuando se levantó, Meg seguía de espaldas a él, abrazándose la cintura, en silencio.

Cooper y Portia estaban en la cocina, susurrando. Grant se detuvo en el quicio y esperó a que levantasen la mirada.

–¿Esa niña es hija mía?

Meg entró entonces en la cocina y, por el rabillo del ojo, vio que les hacía un gesto con la cabeza.

Portia se mordió los labios.

–¿No se lo habías dicho?

Cooper miraba de uno a otro como si no supiera qué decir, como si no supiera de qué lado ponerse.

–Cuando nos dijo que necesitaba dinero, contratar un detective me pareció lo más sensato. No hemos sabido nada de Pearl hasta esta mañana.

–¿Pearl? –repitió Grant–. ¿Se llama Pearl?

Meg lo fulminó con la mirada.

–Sí, se llama Pearl.

–Tenemos una hija y nunca me lo has dicho.

Grant vio un brillo de indecisión en sus ojos, como si estuviera intentando decidir si debía justificar su decisión.

–No te dije nada ¿y sabes por qué? Porque tú no estabas allí. Porque una noche desapareciste sin decir una palabra, sin dejar una nota, sin llamar por teléfono. Nada. Podrías estar muerto. De hecho, pensé que habías tenido un accidente, tan segura estaba de que no podías haberme dejado sin decir una palabra. Pero entonces me di cuenta de que me había equivocado contigo, que nunca me habías querido, que me odiabas porque era una Cain y querías hacerme sufrir. Y luego, unos meses después, cuando descubrí que estaba embarazada… –Meg exhaló un suspiro–. ¿Qué crees que pensé?

Por un segundo, Grant la imaginó en aquella casita, esperándolo, preocupada por él, pensando que había muerto en un accidente. Y luego descubriendo la verdad.

En ese momento, casi podía entender que no le hubiera dicho nada.

Pero tenía una hija de la que no sabía nada y…

–Espera –dijo entonces–. ¿Por qué necesitas dinero urgentemente?

Meg lo fulminó con la mirada.

–¿A ti qué te importa? Pearl no es nada para ti.

–Ni siquiera sabía de su existencia.

De repente, Grant creía entenderlo todo. Necesitaba dinero y, conociendo a Meg, no habría acudido a los Cain a menos que tuviese un problema grave.

–¿Por qué necesitas el dinero? –repitió.

Meg se limitó a levantar la barbilla en un gesto retador y Grant tuvo que dirigirse a Portia.

–¿Alguien sabe por qué necesita dinero?

Portia se mordió los labios, como si no supiera qué hacer.

–Pearl tiene un defecto congénito en el corazón y sufre el síndrome de Down. Necesita una intervención quirúrgica urgente –fue Cooper quien respondió–. Lo siento, Meg, iba a enterarse tarde o temprano.

Grant casi no podía respirar. Su hija tenía síndrome de Down y un defecto congénito en el corazón.

–¿Mi hija, de la que yo no sabía nada, necesita una operación urgente y en lugar de pedirme ayuda a mí se la has pedido a ellos? ¿Cómo se te ha ocurrido?

Meg no iba a dejarse acobardar porque levantó aún más la barbilla, como dispuesta a la pelea.

–¿Cómo se me ha ocurrido? Tú me abandonaste, te importaba un bledo lo que fuese de mi vida.

Desapareciste sin decir una palabra y nunca he vuelto a saber nada de ti. Me sedujiste para… no lo sé bien. ¿Para qué lo hiciste, Grant? Eso es lo que nunca he entendido. ¿Cuál era el plan? ¿Hacerle daño a Hollister Cain a través de mí? Pero entonces descubriste que Hollister no sabía nada y le importaba menos… y te fuiste sin decir adiós. ¿Por qué iba a pedirte ayuda? ¿Para qué iba a decirte que eras el padre de mi hija?

La acusación le dolió. Y no podía defenderse porque era verdad. O lo era en parte.

—Podría entender que no me contases lo del embarazo, pero en cuanto nació, en cuanto supiste de sus problemas de salud deberías haber acudido a mí. Deberías haber dejado a un lado el orgullo…

—¿Lo dices en serio? ¿Crees que el orgullo es la razón por la que no me he puesto en contacto contigo?

—¿No es así? La niña debe de tener… ¿dieciocho meses? Y si necesitaba una operación que tú no podías pagar, has estado arriesgando su vida…

Sin pensar, Meg levantó una mano le dio una bofetada.

—El médico quería que esperase. Sí, Pearl necesita una operación, pero los médicos no se decidieron hasta hace dos semanas. ¿Cómo puedes pensar que he puesto mi orgullo por delante de la salud de mi hija? ¿Cómo te atreves a acusarme de algo así?

—Deberías haberme pedido el dinero a mí —insistió Grant.

—Pensaba pedirte ayuda, pero te vi con tu mujer y tu hijo.

–¿De qué estás hablando? Yo no estoy casado ni tengo hijos. La única hija que tengo es Pearl.

–Te vi hace unos días con una mujer...

–No es mi mujer, no estoy casado.

–Pero te vi saliendo del banco con una mujer rubia. Tenías una mano en su espalda... si no es tu mujer, es alguien muy próximo a ti.

–Pues claro que sí, mi hermana Grace. Y la niña es Quinn, mi sobrina. Te lo habría contado si no hubieras inventado razones para no contarme la verdad.

Meg lo miró, sorprendida. ¿No estaba casado, no tenía un hijo con otra mujer?

–No he inventado razones, sencillamente no podía hablarte de Pearl cuando la niña es tan...

–¿Te avergüenzas de tu hija?

–¡No! –exclamó ella, horrorizada–. Pearl es maravillosa, pero es diferente y no todos los padres son capaces de aceptar eso. El instinto me obligaba a protegerla porque no sabía cómo ibas a reaccionar. Tú no sabes lo que es...

–No, en eso tienes razón –la interrumpió Grant–. No sé lo que es, pero eso va a cambiar ahora mismo. Quiero conocerla.

Meg se rebelaba ante la idea de que Grant conociese a Pearl. Su maravillosa, perfecta, asombrosa Pearl. No podía conocerla, aún no. No lo entendería. No sabría cómo actuar con ella y ver los torpes intentos de Grant para no mostrarse incómodo... sería horrible.

–No –fue una respuesta instintiva.

–Meg…

–No, así no. Estoy demasiado enfadada. Ahora mismo no.

–Quiero conocerla hoy mismo.

–Dame algún tiempo…

Pero Grant había dejado de escucharla y se dio la vuelta para salir de la casa. Cuando lo oyó cerrar de un portazo dejó escapar un suspiro. El estrés y el agotamiento de los últimos días de repente la ahogaban y se dejó caer sobre una silla, con la cara entre las manos.

–Esto es un desastre.

Portia se sentó a su lado, pasándole un brazo por los hombros.

–Lo siento. No nos habías dicho que Grant no supiera nada de la niña.

–Ni siquiera os había hablado de mi hija. ¿Por qué has contratado un detective? ¿Por qué no me has preguntado, Cooper?

–Lo siento –se disculpó su mujer–. Estábamos preocupados por ti. Como necesitabas el dinero a toda prisa…

–Lo acordamos entre todos –dijo Cooper–. Dijiste que necesitabas doscientos mil dólares enseguida, pero no querías responder a nuestras preguntas y no podíamos darte el dinero sin saber nada.

Meg se irguió.

–¿No pensabais darme el dinero?

–No hasta que supiéramos para qué lo necesitabas. Podrías tener un problema serio, algo que nos comprometiese –se justificó él–. Estábamos intentando protegerte, pero ninguno imaginaba que podría tratarse de esto.

—Lo siento —se disculpó Portia.

—¿Y qué voy a hacer ahora? —preguntó Meg en voz alta, aunque no esperaba una respuesta. Jamás se le había ocurrido que Grant quisiera ser parte de la vida de Pearl—. Supongo que le daré algún tiempo para que se calme y luego intentaré volver a hablar con él.

—Siento decirte esto, pero Grant no ha ido a ningún sitio a calmarse —comentó Cooper.

—¿Dónde crees que ha ido?

—A buscar a Pearl.

—Dios mío.

—Pero no lo sabes con seguridad —dijo Portia, seguramente intentando consolarla.

—Es lo que haría yo —anunció Cooper.

Meg se levantó de la silla, angustiada. No tenía la menor duda de que Grant había ido a buscar a Pearl. Solo era una cuestión de tiempo. Victoria era un pueblo pequeño, su pastelería estaba en el centro y todo el mundo conocía a Pearl...

Janine no le dejaría ver a su hija, pero Grant había vivido allí dos meses y la gente se acordaría de él. Sin duda, alguien le diría dónde estaba la niña.

Y no quería poner a Janine en ese aprieto.

Tenía que llegar hasta Pearl antes que él.

Capítulo Cinco

Grant no esperaba llegar antes que Meg. De hecho, cuando salió de la casa de Portia y Cooper no tenía en mente ningún plan. Solo quería llegar a Victoria y ver a Pearl con sus propios ojos.

Quería conocer a su hija.

La pastelería de Meg estaba en el centro del pueblo, frente al banco y el juzgado, pero en su antigua casa vivía una pareja joven. Meg la había vendido.

En el ayuntamiento le dijeron que se había mudado a una casa estilo rancho al norte del pueblo, y no había que ser un genio para saber cuál era, porque su coche estaba aparcado en la puerta.

Meg y Cooper estaban en el porche de la casa, pero cuando Grant salió del coche Cooper se colocó delante de ella, como para protegerla.

Cooper era un tipo grande y musculoso, pero Grant no estaba dispuesto a dejarse pegar otra vez.

–No se te ocurra impedir que vea a mi hija. Tengo mis derechos.

–No iba a hacerlo, solo quiero recordarte que Meg no está sola y no está indefensa. Si intentas ver a la niña sin su permiso no lo lograrás. Y si intentas tocarla…

–Muy bien, de acuerdo –lo interrumpió. Él jamás sería violento con una mujer, y una parte de él se alegraba de que alguien la protegiese–. Y ahora, apártate de mi camino.

Cooper se apartó y Meg apareció en la puerta, la barbilla levantada en un gesto beligerante.

Era dura, sin duda, pero también vulnerable. Lo veía en el temblor de sus labios, que no podía disimular. Grant intentó no fijarse en eso. Podía parecer vulnerable, pero era despiadada.

–Sabes que no puedes impedir que la vea.

–Podría, pero no voy a hacerlo. Me da igual que estés enfadado conmigo y sé cuánto odias a los Cain, pero no utilices a Pearl para vengarte.

–¿Eso es lo que crees, que he venido hasta aquí para vengarme de ti?

–¿No es eso?

–He venido para ver a la hija de la que no sabía nada hasta hace unas horas, solo para eso.

Meg lo estudió durante unos segundos antes de preguntar:

–¿Crees que estás listo para ser padre? Solo un par de personas saben que Pearl es tu hija, aún podrías darte la vuelta.

–Yo sé que es mi hija y haré lo que tenga que hacer.

La mirada de Meg se endureció.

–¿Por qué estás tan seguro? ¿De verdad crees que Pearl se va a beneficiar de un momento de culpabilidad? ¿Crees que en eso consiste ser padre?

–¿Crees que estoy aquí porque me siento culpable?

–Sí.

–Pues te equivocas.

–¿Entonces por qué estás aquí?

–Porque es mi hija.

Antes de que pudiese decir nada más, Cooper habló desde el porche:

–Meg tiene razón.

–Nadie te ha preguntado nada –replicó Grant.

–No, pero tengo una opinión. Yo tuve que soportar el desinterés de Hollister y te aseguro que habría sido infinitamente mejor para mí y para mi madre que hubiera desaparecido de nuestras vidas.

Meg miró a su hermano con una mezcla de simpatía, afecto y comprensión.

Hollister Cain era el hombre más avaricioso, manipulador y canalla que Grant había conocido nunca, y aquellas dos personas pensaban que él era igual.

–Si habéis terminado de criticar, me gustaría conocer a mi hija. Después de todo, el viaje de vuelta a Houston es largo.

Meg suspiró, frustrada.

¿Por qué tenía que ponerlo tan difícil? ¿Por qué no lo dejaba estar?

–¿Lo ves? Esto era lo que yo no quería que pasara –murmuró. Si pudiese hacerle entender que era un error, que lo importante no eran ni él ni ella sino Pearl–. Pearl no necesita que vengas aquí a jugar a los papás, yo no lo necesito y tú tampoco. ¿Por qué no te marchas?

–¿Crees que estoy jugando?

–¿De qué le va a servir a Pearl conocerte si luego vas a desaparecer de su vida otra vez?

Grant esbozó una sonrisa triste.

–No tengo intención de desaparecer.

–Pero has dicho que ibas a volver a Houston.

–No –Grant dio un paso adelante–. He dicho que es un viaje largo; un viaje que vamos a hacer juntos. Pearl, tú y yo. Vais a venir a Houston conmigo.

–¿Qué?

–Me has oído perfectamente, Meg.

La convicción que había en sus ojos casi la acobardó. Una vez había pensado que la conocía mejor que nadie, una vez le había entregado su cuerpo y su alma. Todo. Y si tenía que verlo todos los días podría sentir la tentación de hacerlo de nuevo. ¿Sería lo bastante fuerte como para resistir?

–No podemos ir a Houston contigo. Vivimos aquí.

–No, ya no.

–Eso es ridículo.

–Es más ridículo tener una hija de la que yo no sabía nada y aquí seguimos, hablando de ella en plena calle.

–Tengo un trabajo, un negocio. No pienso irme a Houston.

–Pero estabas pensando quedarte en Houston una semana más, ¿no? Quien lleve la pastelería puede seguir haciéndolo durante un mes.

–No puedo quedarme un mes en Houston. No puedo permitírmelo.

–Claro que sí. Pearl y tú viviréis conmigo, no tendrás que gastar un céntimo.

–¡No! –protestó ella.

¿Vivir en casa de Grant? No podría vivir con él un mes, ni una semana siquiera. Bailar con él la noche anterior la había hecho temblar por dentro, y un mes compartiendo casa sería un desastre.

–No pienso dejar que tú decidas dónde alojarte. Mi hija no va a alojarse en un hotel lleno de pulgas, eso desde luego.

–El médico de Pearl está aquí, su cirujano está aquí. No vamos a…

–Te garantizo que en Houston hay muchos más cirujanos. He empezado a pedir favores, y Pearl tiene una cita el lunes por la mañana con el mejor pediatra y cardiólogo de la ciudad, del país incluso.

Y, de nuevo, Meg no sabía qué decir. Su vida se había puesto patas arriba. Grant era como la mezcladora industrial que tenía en la pastelería, tan poderosa que a veces la asustaba. Hacía merengues asombrosos, mezclaba la nata como nadie, hacía lo que había sido creada para hacer y lo hacía bien, pero casi temía caer en ella, como Alicia en el agujero del conejo. Grant era así: hipnótico, poderoso, destructivo.

–No voy a dejar que nos hagas esto –dijo por fin, a la desesperada–. No voy a dejar que tomes el control de mi vida. Nos veremos en los tribunales si es necesario.

Grant se limitó a sonreír.

–Entonces te enterraré tan profundamente que no podrás volver a salir del agujero.

Meg sintió su desprecio, su amargura, como un

golpe en el pecho. Su determinación era aterradora.

Lo haría si se negaba a ir a Houston. Si se negaba a vivir en su casa durante un mes, Grant pediría la custodia de la niña.

¿Cómo iba a responder a ese reto?

—Al menos, dame tiempo para hablar con ella. No quiero que la conozcas así, estando tan enfadado.

Cooper debió de darse cuenta de su angustia, porque le pasó un brazo por los hombros.

—Apártate, Sheppard. Ya te he dicho que no vas a atemorizarla. Meg ya no está sola. Si quieres pelea con ella, la tendrás con todos los Cain.

Los dos hombres se miraron frente a frente. Al ver la fría determinación en su mirada y cómo apretaba los puños… parecía como si estuviera controlando a duras penas el deseo de pegarlo.

Entonces, abruptamente, Grant la miró y toda esa emoción la golpeó. No había nada en su mirada más que fría determinación, pero una parte de ella seguía deseándolo. Tal vez una parte de ella seguiría deseándolo siempre.

—Haz las maletas y prepara a la niña. Volveré en una hora.

Luego se dio la vuelta para subir al coche y, en cuanto el Lexus desapareció por la esquina, Meg rompió a llorar en el pecho de Cooper.

—Dios mío, ¿qué voy a hacer?

—Lo que le he dicho a Sheppard iba en serio: no estás sola.

Meg lo miró, sorprendida. Apenas se conocían, no podía importarle de verdad. Y, sin embargo, lo parecía.

Llevaba tanto tiempo sola, toda su vida. Su madre había muerto cuando ella era muy pequeña; y su abuelo la quería, pero vivía en un mundo de fantasía. Confiaba en que fuera lo bastante lista, que supiera arreglárselas por sí misma. Sí, tenía muchos amigos, todo el pueblo en cierto modo era su familia, pero nunca le pediría a nadie que luchase por ella.

¿Le pediría eso a los Cain?

Siempre había despreciado su dinero y sus privilegios. Pero sus hermanos y sus esposas no eran lo que había esperado. La habían recibido con los brazos abiertos, habían sido amables con ella y sentía como si de verdad fueran su familia.

Y eso haría más fácil y más difícil apoyarse en ellos.

–¿Tú crees que habla en serio?

–No conozco a Grant demasiado bien. Dalton o Griffin lo conocen mejor que yo porque fueron a la misma universidad y se mueven en los mismos círculos. No son amigos porque Sheppard siempre ha odiado a los Cain, pero creo que ellos podrían responder mejor a esa pregunta –Cooper hizo una pausa–. Pero si yo estuviera en su situación me lo tomaría muy en serio.

Meg enterró la cabeza entre las manos. ¿Cómo no lo había tomado en cuenta?

De verdad había pensado que a Grant le daría lo

mismo tener una hija. Incluso cuando decidió pedirle dinero pensó que tendría que amenazarlo para que la ayudase. No se le había ocurrido que Grant quisiera ser parte de la vida de Pearl, que le importase algo.

—Lo siento –murmuró.

—¿Qué es lo que sientes?

—No haber pensado que a Grant le importaría tener una hija.

Cooper arqueó una ceja.

—¿Crees que a los hombres no les importan sus hijos?

—¿A Hollister le importabas tú?

—Hollister es un sociópata. Francamente, es asombroso que ninguno de nosotros se parezca a él o que no estemos mal de la cabeza.

Meg esbozó una sonrisa, a pesar del peso que sentía en el corazón. Porque Cooper tenía razón. Los Cain parecían personas decentes, centradas, cariñosas. Dalton era el más serio, salvo cuando estaba con Laney o su hijo. Griffin era encantador. Pero era de Cooper del que se sentía más cerca porque era otro extraño, otro hijo no querido.

—No quiero que Pearl no se sienta querida. Supongo que no quería darle la oportunidad de rechazarla.

—Sí, lo entiendo –asintió él–. Yo no puedo decirte lo que debes hacer, pero en Houston hay muy buenos médicos. De los mejores del país.

—¿Crees que debería ir a Houston con él?

—Creo que Pearl es tu hija y que tú tienes que decidir qué es lo mejor para ella y el resto tenemos que aceptarlo. Si quieres ir a Houston sin él, nosotros te ayudaremos. Si quieres quedarte aquí, te ayudaremos también.

Meg suspiró. Aquel era su hogar, Victoria era todo lo que conocía y no estaba acostumbrada a tener opciones.

¿Pero estaba siendo sincera consigo misma? ¿Le daba miedo irse de Victoria porque temía vivir en Houston o temía a Grant?

Había sido más fácil odiarlo cuando pensó que no querría saber nada de su hija, pero lo único importante era Pearl.

Aunque sabía que los médicos de Victoria eran competentes, había más posibilidades en Houston. Y si Grant podía pagar a los mejores médicos, ¿por qué no hacerlo?

Eso significaría pasar más tiempo en Houston, más tiempo lejos de la pastelería, de su casa. Más tiempo con Grant. Pero lo único importante era la salud de Pearl y estar lejos de Victoria sería más soportable con la niña a su lado.

Los Cain la ayudarían si no aceptaba ir con él, pero Grant se vengaría...

Suspirando, Meg se apartó.

–Creo que debo ir a Houston.

–No tienes por qué. Hay más opciones.

–Lo sé, pero entonces Grant pediría la custodia de Pearl y yo no tengo dinero para enfrentarme con él en los tribunales.

–Nosotros te ayudaremos.

–No –Meg negó con la cabeza–. Eso perjudicaría a mi hija, estoy segura.

Protegería a Pearl y a los Cain, la única a la que no podría proteger era a sí misma. Se endurecería contra él, levantaría una barricada alrededor de su corazón. Y si le dolía cada vez que lo viese entrar en una habitación, tendría que vivir con ello. Mientras no lo dejase entrar, todo iría bien.

–Este es mi problema y yo tengo que resolverlo.

Cooper asintió con la cabeza.

–Si estás completamente convencida.

–Lo estoy –respondió Meg.

Solo quedaba hacer las maletas.

Una hora después, Grant detenía el coche frente a la casa, un poco más calmado que cuando se marchó. Meg estaba sentada en el primer escalón del porche, con dos maletas a su lado.

Grant salió del coche y se apoyó en la puerta.

–Pensé que lo había dejado claro, pero no veo a mi hija por ninguna parte.

–Antes necesito que me escuches.

Grant asintió con la cabeza.

–Muy bien.

–Todo esto es muy raro para mí –admitió Meg–. Siempre había sido la hija no deseada de Hollister y hace dos semanas descubro que todo el mundo está buscándome, que soy la heredera perdida. ¿Pero cómo voy a estar perdida si no me he movido de Texas?

Grant se encogió de hombros.

–Nadie sabía nada de ti.

–Hollister quería encontrarme para tenerme controlada y yo no quiero eso para Pearl –Meg sacudió la cabeza–. Tienes que entenderlo… mi hija tiene el síndrome de Down, es una niña preciosa, cariñosa, encantadora y divertida, pero habrá momentos en su vida en los que no pueda tomar decisiones por sí misma, momentos en los que necesite que alguien intervenga a su favor. Si vas a ser un padre de verdad tendrás que pensar en ella y solo en ella. No se puede hacer a medias, no se puede ser un padre a tiempo parcial. Debes estar muy seguro y no hacerlo como parte de una trama contra los Cain. Tienes que hacerlo por ella y es un compromiso de por vida. ¿Entiendes lo que eso significa?

Grant asintió con la cabeza y, por un momento, Meg casi lo creyó. Durante un segundo parecía el hombre del que se había enamorado dos años antes: duro, reservado y, sin embargo, vulnerable.

Una parte de ella, la que se había enamorado de Grant, quería dejarlo donde aún pudiese haber base para una relación. No una relación romántica, pero sí tal vez de amistad.

Pero no podía dejarlo así. No podía confiar en él después de lo que había hecho.

–Por favor, piénsalo detenidamente –le suplicó–. Porque una vez que la conozcas no habrá marcha atrás. Si lo haces por venganza, te suplico que te vayas.

La mirada de Grant se endureció.

–¿Eso es lo que crees, que quiero a mi hija por venganza?

–Por eso me querías a mí –le recordó ella.

Grant la miró con expresión seria.

–Por eso vine aquí, es verdad. Y entonces, en algún momento, me di cuenta de que estaba haciendo lo que habría hecho Hollister, por eso me marché. No voy a fingir que no me porté como un canalla, pero paré antes de llegar demasiado lejos.

–Pero sigues queriendo vengarte de los Cain y, lo mires como lo mires, eso le haría daño a Pearl. Por favor, te pido que lo pienses, aunque creas que lo haces por una buena razón, aunque creas saber dónde te estás metiendo. No lo sabes, tú no puedes saber lo que significa ser padre.

–No lo sé gracias a ti, pero eso va a terminar. Quiero conocer a mi hija.

–Grant...

–Nunca le haría daño para vengarme de los Cain, te lo aseguro.

Había convicción en su tono. Y dolor.

–Muy bien, de acuerdo. Ven conmigo –Meg se volvió al otro lado de la calle y Grant se colocó a su lado.

Le dolía sentirse tan consciente del calor de su cuerpo, del olor de su colonia masculina. Le dolía quedarse sin aliento cada vez que estaba tan cerca.

Meg caminó aprisa hacia una casa de ladrillo y Janine abrió la puerta antes de que llegasen al porche.

–¿Está bien? –le preguntó.

–Está perfectamente –Janine miró a Grant de arriba abajo sin disimular su desprecio–. Has tardado mucho tiempo. Claro que yo nunca he pensado que fueras muy listo.

Grant no se molestó en saludarla siquiera.

Cuando los llevó al salón, donde una niña rubita miraba dibujos animados en televisión, Grant tuvo que tragar saliva. Sin decir nada se puso en cuclillas al lado de la sillita, intentando no asustarla.

Y, de repente, el hombre que había sido en las últimas horas desde que Cooper lanzó la bomba, ese hombre furioso y resentido, se esfumó.

La niña lo miró y luego la miró a ella con gesto interrogante.

−¿Mamá?

Meg se limitó a sonreír. De repente, quería que Grant tuviese ese momento con la niña, los dos solos.

Pearl inclinó a un lado la cabeza, mirando al extraño como intentando decidir si le gustaba o no. Luego se levantó de la sillita para dirigirse a la tele y señalar un osito que patinaba, riendo cuando hizo una pirueta.

Grant rio entonces… una risa ronca, masculina. Meg no lo había oído reír así en más de dos años y el sonido le aceleró el corazón. La última vez que lo oyó reír así estaban en la cama y ella lamía nata de sus abdominales… su risa era tan sexy, tan divertida, tan increíblemente maravillosa.

Lo había echado de menos. Añoraba a la persona que era cuando estaban juntos, cómo la hacía perder la cabeza o que la hiciera sentir como si pudiese hacer cualquier cosa, como si el mundo fuera suyo.

Pearl dio un paso atrás, pero en lugar de sentarse en su sillita lo hizo en el regazo de Grant. Se metió el puñito en la boca y apoyó la cabeza en su torso.

Grant se había ganado a otra Lathem.

Él inclinó la cabeza para rozarle el pelo a Pearl con la nariz y respiró profundamente.

Meg sabía lo que estaba sintiendo... ese olor que llevaba en su corazón. Abrazar a Pearl la hacía sentir humilde y como si pudiera escalar la montaña más alta al mismo tiempo.

Su corazón dio un vuelco dentro de su pecho mientras observaba a Grant mirando a su hija con gesto de asombro.

Iba a enamorarse de Pearl, como ella. Iba a luchar por ella, a quererla. Sus miedos no estaban justificados.

Iba a ser un buen padre.

Y eso era lo que quería para Pearl, ¿no?

Después de un corazón sano y una vida larga, ese debería ser su tercer deseo: un padre que la quisiera de forma incondicional. Otra persona que luchase por ella.

¿Cómo no iba a querer eso?

Si hubiera acudido a él cuando se quedó embarazada Pearl habría conocido el amor y la seguridad de un padre... Eso era algo que no podía cambiar.

A partir de ese momento tendrían que vivir esa tensa tregua, más bien una guerra fría. Y aquello era lo único que podía esperar durante el resto de su vida.

Capítulo Seis

Grant tomó la entrada de la autopista, agotado. A pesar del cansancio estaba totalmente despierto, su mente dando vueltas a lo que acababa de ocurrir cuando pasó frente al hotel del que había sacado a Meg.

El mundo había dado un giro de ciento ochenta grados.

Miró por el espejo retrovisor. Pearl dormía en su silla de seguridad, el pelito rubio sobre los ojos. A su lado, Meg dormía también, con la cabeza apoyada en el respaldo del asiento. Había estado cantando hasta que Pearl se quedó dormida por fin...

Había sido un día muy largo para las dos.

A solas con sus pensamientos, intentó concentrarse en la carretera, pero no dejaba de preguntarse dónde se había metido. Durante todo el día había actuado por instinto, poniendo un pie delante de otro y confiando en llegar al sitio adecuado, pero ya no estaba tan seguro.

¿Cómo iba a olvidar el ceño fruncido de la niña mientras su madre guardaba sus juguetes en una caja? ¿O su carita asustada cuando la metieron en un coche que no conocía? Las sospechas de Pearl se habían convertido casi en hostilidad. Se había calmado un poco cuando Meg se sentó a su lado, pero media hora después empezó a llorar y Grant sentía como si le arrancaran el corazón del pecho porque no sabía cómo calmar esas lágrimas. Ni siquiera sabía por qué lloraba.

Y eso le devolvía a la pregunta anterior: ¿dónde se había metido?

—Te estás arrepintiendo.

Grant miró a Meg por el retrovisor.

—Creí que estabas dormida.

—Las madres somos como ninjas cuando se trata de echar una cabezadita.

Grant aún no se había hecho a la idea de Meg como madre, y menos como madre de su hija.

Era una persona cariñosa, pero con mucho carácter y mucha personalidad. Y tan sexy, la mujer más sexy que había conocido nunca.

Incluso después de irse de Victoria había sido la estrella de sus fantasías sexuales. Verla cantando canciones infantiles debería hacerla menos sexy.

Pero no era así, y eso era un problema.

—¿Cuánto falta?

—Unos veinte minutos.

Meg no conocía esa zona de Houston y nunca había estado en su casa. En realidad, no sabía nada de su vida…

Grant tuvo que hacer un esfuerzo para aplastar el sentimiento de culpa.

—Mi casa está en Montrose. Mañana le pediré a mi ayudante que vaya a buscar tu coche a casa de Portia. Y también necesitarás unas llaves de mi casa.

–No cambies de conversación. Estás nervioso e intentas ocultarlo hablando de minucias. ¿Qué ocurre, quieres echarte atrás?

–No quiero echarme atrás y no me arrepiento de nada.

–¿Seguro? Porque sería normal.

–¿Qué sería normal?

–El miedo, el pánico, es parte de ser padre. Pero te acostumbrarás.

Grant suspiró porque esas palabras lo tranquilizaban un poco. Meg parecía tenerlo todo controlado. Le parecía mentira que hubiese tenido que pasar sola por eso, pero si ella lo había conseguido, tal vez había esperanza para él.

–Podrías dejarme sufrir, no tienes que hacer que me sienta mejor.

–Yo no soy así.

Grant sonrió.

–En el mundo de la banca serías un desastre.

–¿Por qué?

–Porque somos adversarios. Se supone que no debes consolarme.

Meg suspiró.

–Ya no somos adversarios. No podemos serlo si vamos a criar juntos a Pearl.

Por la mañana, Meg abrió los ojos y miró alrededor. Aquella habitación era muy masculina. Decorada de manera sencilla con muebles modernos y tonos marrones y blancos resultaba muy relajante.

Sobre la mesilla había un despertador, una lámpara, un cargador de móvil, un libro. No parecía una habitación de invitados.

Meg saltó de la cama para ir al cuarto de baño y allí también encontró objetos personales sobre la encimera: crema de afeitar, un cepillo de dientes…

Cuando quitó la tapa de la crema de afeitar le llegó un aroma a madera, a limón… sí, era la crema de Grant. Aquella era su habitación entonces. Su habitación, su cama.

¿Por qué la había alojado en su habitación?

Después de ducharse se puso un pantalón corto y una camiseta. Esa era ella, la chica que hacía pasteles mientras canturreaba con la radio puesta.

Sacó el monitor de la maleta y, después de dejarlo al lado de la cabecita de Pearl, se colocó el otro en el bolsillo y salió de la habitación para buscar la cocina.

Estaba un poco asustada, pero no era nada que un café y unas galletas no pudiesen curar.

Cuando bajó al primer piso vio a Grant sentado en el comedor, con un plato de comida y un periódico delante. Poniendo los ojos en blanco, Meg pasó de puntillas y se dirigió a una puerta tras la que esperaba estuviese la cocina.

Cuando empujó la puerta se detuvo de golpe. La cocina de Grant era fabulosa, con kilómetros de encimeras, todo tipo de electrodomésticos… un chef personal y una empleada doméstica.

–Ah –murmuró–. Buenos días.

Las dos mujeres, una bajita de pelo oscuro que

limpiaba las encimeras y una rubia con delantal de chef que parecía una modelo rusa, se volvieron para mirarla.

¿Se había metido en el plató de *Downton Abbey*? Ella no tenía experiencia con empleados domésticos. Ninguna. Cero.

—Buenos días, soy Meg.

La mujer morena sonrió, pero la rubia hizo una mueca de desagrado.

—Soy la chef del señor Sheppard.

Luego le dijo su nombre, algo que sonaba como Grendel.

La mujer morena se secó las manos en el delantal para saludarla.

—Yo soy Ángela, encantada de conocerla. ¿Quiere un café?

—Puedo hacerlo yo, no se preocupe —Meg miró la cafetera, que parecía sacada de *Star Trek*—. Bueno, si no le importa...

—Yo se lo serviré, no se preocupe.

—¿Puedo ponerme un cuenco de cereales?

La rusa frunció el ceño.

—Yo le haré el desayuno que quiera.

—Puedo hacerlo yo, pero es que no sé dónde...

—¿Quiere huevos revueltos? —la interrumpió el ogro—. ¿Tal vez una tortilla, tostadas?

—No, gracias. Solo quiero echar un vistazo...

El ogro movió la espátula frente a su cara.

—No me importa hacerlo. ¿Qué quiere desayunar?

Meg suspiró. Mensaje recibido: aquel era su territorio y ella no era bienvenida.

–¿Qué ha desayunado Grant?

–El señor Sheppard toma una tortilla de espinacas con tostadas integrales cada mañana.

–Muy bien. Yo tomaré lo mismo.

Meg salió de la cocina y se llevó el monitor al oído. Podía oír a Pearl suspirando en sueños…

–Estamos en un mundo nuevo, cariño. ¿Qué vamos a hacer aquí?

Antes de que pudiese encontrar una respuesta satisfactoria Ángela salió de la cocina con una bandeja.

–Puede ir al comedor. Voy a llevarle allí el café.

–Gracias.

Meg entró en el comedor con Ángela tras ella, pero Grant solo levantó la mirada del periódico cuando dejó el monitor sobre la mesa.

–Veo que ya has conocido a Ángela.

–Sí.

Meg quería hablarle de sus preocupaciones, pero no quería hacerlo delante de una extraña. ¿O debía actuar como si estuvieran solos?

–¿Te importa traerme otro café? –le preguntó Grant.

–Ahora mismo –respondió Ángela.

–Cuando termines en la cocina, localiza una buena empresa de cuidados infantiles. Necesito que busques unas cuantas candidatas para que Meg las entreviste.

–¿Una niñera? –exclamó Meg–. No voy a contratar una niñera.

–Pero la necesitas.

–No la necesito.

Grant suspiró.

–Meg, sé razonable.

–Estoy siendo razonable. Solo he aceptado estar aquí durante un mes y no necesito una niñera. De hecho, el único beneficio de estar en Houston y no trabajar es poder pasar todo el tiempo con mi hija.

–Pensé que el beneficio de estar en Houston era que Pearl pudiera pasar algún tiempo conmigo.

–Sí, claro, eso también.

¿Por qué le costaba tanto reconocerlo? ¿No quería que Pearl se encariñase con Grant? ¿Cómo iba a vivir el resto de su vida con Grant a su lado? ¿Cómo iba a aprender a no desearlo?

–Pero tener una niñera no te ayudará a conocer a Pearl y, además, la niña se encariñaría con ella.

Grant lo pensó un momento.

–Ya veremos –anunció, mirando a Ángela, que esperaba en la puerta–. Pero sigo queriendo una lista de empresas, por si cambiamos de opinión.

–Muy bien –la mujer desapareció sin decir nada más.

–¿Por qué nos has alojado en tu habitación? –le preguntó Meg cuando se quedaron solos.

Grant se encogió de hombros.

–Me pareció el sitio más adecuado. Mi habitación es la más grande de la casa.

–Pues yo prefiero dormir en otra. Cambiaremos cuando Pearl despierte.

–Las demás habitaciones no son grandes, el parque no cabría.

–Moveremos los muebles.

–Eso no es necesario.

–Pero…

–¿Cuál es el problema?

Meg se levantó de la silla, nerviosa. Estaban solos por primera vez desde que discutieron en la habitación del hotel y su aroma la envolvía, hasta su pelo olía a él.

–No me siento cómoda en tu habitación.

Grant la miró, en silencio.

–Sí, creo que te entiendo.

Era demasiado arrogante, demasiado sexy, demasiado atractivo. Y lo peor de todo, sabía el efecto que ejercía en ella.

Enfadada, iba a salir del comedor, pero antes de que llegase a la puerta Grant se interpuso en su camino.

–Déjame pasar.

–Lo haré –dijo él, sin moverse. Se quedó donde estaba, invadiendo su espacio, provocando un incendio en las zonas más secretas de su cuerpo. Podía querer olvidar lo que había habido entre ellos, pero su cuerpo lo recordaba muy bien. Su piel recordaba las caricias de sus manos, que la hacían temblar de gozo, su sexo recordaba esa pulsión durante el clímax.

Por fin, cuando la tensión se volvió insoportable, Meg hizo un esfuerzo para mirarlo y Grant alargó una mano para acariciarle la cara.

–Tú no eres la única que lo está pasando mal.

–¿No?

–Maldita sea, Meg, ¿crees que yo no recuerdo lo que era estar contigo? Nunca ha sido igual… –Grant no terminó la frase.

Estaba mirando su boca y, por un momento, parecía incapaz de seguir hablando.

Entonces, de repente, le agarró el trasero y la levantó, temblando de deseo. Meg, instintivamente, enredó las piernas en su cintura y no puso objeciones cuando buscó su boca. No podía pensar, solo sentir.

Era asombroso. Su cuerpo lo recordaba como si hubieran estado juntos el día anterior. Estaba desesperada de deseo mientras Grant le acariciaba el interior de los muslos, rozando la braguita. Sin poder evitarlo echó hacia atrás la cabeza cuando introdujo los dedos en su interior, apretándola contra su rígido miembro. Meg no podía respirar mientras intentaba contener un grito de placer.

Con una capa de ropa entre los dos y los dedos de Grant enterrados en ella, llegó al orgasmo.

Pero quería hacerlo otra vez… y otra, con él dentro de ella. Y otra con él en su boca.

Pero recuperó el sentido común y consiguió que las piernas la sujetaran cuando la dejó en el suelo. Grant apoyó su frente en la de ella, jadeando como si estuviera tan afectado como ella.

Podría haberse quedado entre sus brazos durante horas. No, podría cerrar la puerta y pasar el día entero allí, sobre la mesa, debajo de la mesa, contra la pared…

Pero cuando Ángela entró en el comedor y miró

de uno a otro, Grant se irguió y Meg se apartó, mortificada, fingiendo un obsesivo interés por su café. Esperaba que no los hubiera visto nadie, pero en el comedor había dos ventanas… ¿los habría visto algún vecino?

En fin, eso no importaba. El gran problema era lo idiota que había sido.

—Meg… —empezó a decir Grant cuando Ángela salió del comedor.

—Esto no puede volver a pasar. Si vamos a vivir juntos durante un mes, tendremos que poner límites.

—Meg, lo nuestro… siempre fue fabuloso. Lo recuerdas tan bien como yo.

—Sí, claro que lo recuerdo, pero si vuelve a pasar Pearl y yo nos iremos de aquí.

Grant la estudió en silencio, como si no supiera si discutir o arrancarle la ropa. Por fin, asintió con la cabeza y salió del comedor.

Y era lo mejor, porque Meg no sabía si habría impedido que le arrancase la ropa.

Tenía razón, entre ellos siempre había sido fabuloso; el problema era que él solo hablaba de deseo y para ella su relación había sido mucho más.

Todo, cada célula de su cuerpo, cada neurona de su cerebro, cada partícula de su alma, recordaba haberlo amado. Y recordaba haberse sentido desolada cuando se marchó.

Capítulo Siete

La semana pasó como un torbellino para Meg. No había querido volver a pensar en lo que ocurrió en el comedor, enterrando esos recuerdos en una esquina de su mente para lidiar con ellos más tarde.

Además, tenía muchas cosas con las que mantenerse ocupada: reuniones con los abogados de Dalton para representar sus intereses en el tema de la custodia por si tenía que enfrentarse con Grant en los tribunales, las interminables citas con médicos y cirujanos...

Sabía lo que la esperaba porque había estado investigando. Había leído tantas cosas que a veces pensaba que podría practicar la operación ella misma.

El proceso era relativamente sencillo: los médicos pondrían una especie de parche en el orificio, el tejido iría creciendo sobre el parche y sería parte de ella para siempre.

¿Y no era eso mismo lo que Meg temía de Grant? Estaba en sus vidas para siempre, entraría en el corazón de Pearl y no habría manera de sacarlo.

Meg sabía que su hija merecía un padre, pero no estaba segura de poder manejar la situación.

En fin, lo importante era la operación de Pearl y

estaba claro que el dinero movía montañas o, en su caso, intervenciones quirúrgicas, porque solo faltaban dos semanas.

Su angustia por la operación era compensada por el placer de estar con su hija a todas horas. Gisele, que era así como se llamaba la chef y no Grendel, jamás se mostraba cariñosa con la niña, pero Pearl tenía a Ángela comiendo de su mano.

Grant iba a trabajar tarde y volvía a casa en cuanto le era posible para estar con la niña. Cuando Pearl se iba a la cama, él se quedaba en su estudio hasta altas horas para hacer lo que no había hecho durante el día.

Y siempre había algún miembro de la familia Cain en la casa. Laney había llevado a su hijo para que jugase con Pearl y al día siguiente Griffin y Sydney habían ido a verla. Luego Portia y Cooper, los Dalton y Laney de nuevo…

Cuando llegó el lunes, marcando el fin de la primera semana en casa de Grant, Sydney y Portia aparecieron en la puerta y Meg decidió ir directa al grano.

–Estoy empezando a pensar que no confiáis en Grant. ¿Teméis que me asesine una noche?

Portia intentó sonreír, pero le salió una mueca.

–No, claro que no.

Meg miró de una a otra.

–¿En serio?

–Sí, claro, pero sabemos que las circunstancias son… especiales.

–¿Y habéis hecho turnos para venir a verme?

—No hacemos turnos –dijo Portia.

—Solo queríamos comprobar que estabas bien. No hay nada malo en que la familia se preocupe por ti.

—Grant no va a hacerme daño. Ni a mí ni a Pearl, os lo aseguro.

Las dos intercambiaron una mirada de preocupación.

—Pero te amenazó –le recordó Sydney–. Y te ha manipulado. Sabemos que tú no quieres estar aquí, no puedes negarlo.

—No, eso es verdad.

¿Entonces por qué estaba defendiendo a Grant? Quizá porque ellas no sabían cómo se portaba con Pearl. Cada vez que intentaba endurecer su corazón lo veía mostrándose cariñoso con la niña y el corazón se le derretía.

—Tenéis que verlo desde su punto de vista. Se ha perdido los primeros dieciocho meses de su vida y está intentando compensar el tiempo perdido.

—Bueno, si no nos necesitas…

—No necesito que me defendáis de Grant.

—Eres de la familia y, además, hay cosas que tú no sabes –dijo Portia.

—¿Que culpa a Hollister por la muerte de su padre? ¿Que odia a los Cain? ¿Que ha jurado públicamente destruir a Hollister? Todo eso ya lo sé.

Portia frunció el ceño, genuinamente preocupada.

—Puede que no sepas tanto como crees.

—Sé lo suficiente. Sé que es el padre de mi hija y

eso significa que debo intentar hacer las paces con él. Y no puedo hacerlo si estoy siempre esperando que destruya mi vida.

–Pero tú eres una Cain –insistió Sydney.

–Grant es el padre de mi hija y eso lo convierte en alguien de mi familia… y de la vuestra también, por cierto. Bueno, voy a meter a Pearl en la cuna. Podéis quedaros o marcharos, haced lo que queráis.

Meg tomó a la niña en brazos y le dio la espalda a sus cuñadas para entrar en la cocina. Ignorando la miradita de Gisele, le pidió a Ángela que le cambiase el pañal mientras se servía un vaso de leche con manos temblorosas.

Esperaba no estar cometiendo un error, porque no tenía más amigos en Houston.

Cuando salió de la cocina con Pearl en brazos vio que Grant estaba en la escalera, con los brazos apoyados en la barandilla.

–¿Desde cuándo estás ahí?

–El tiempo suficiente para ver cómo me has defendido.

Meg no dijo nada. Ni siquiera sabía que estuviera en casa. No había sido su intención que escuchase la conversación y le molestaba que así fuera. Tal vez porque la hacía sentir vulnerable. A pesar de lo que le había dicho a Portia y Sydney, no confiaba en él. Fuese el padre de su hija o no. Ella sabía mejor que nadie que eso no garantizaba su afecto.

De modo que apretó a Pearl contra su corazón.

–No me hagas quedar por mentirosa.

–No pretendo hacerlo. Y gracias.

–De nada. Pero si me dejas por mentirosa, me pongo en plan *Tomates verdes fritos*.

–No sé qué significa eso.

–Es una película sobre una mujer que mata al canalla de su marido y luego se libra del cadáver convirtiéndolo en chile picante.

–Ah, ya veo –Grant esbozó una sonrisa.

–No olvides que tengo una cafetería.

–Sí, pero tú haces pasteles, así que no voy a preocuparme.

–Podría volverme creativa –replicó Meg. Pero la conversación, que debería sonar amenazadora, parecía más bien un flirteo.

Y él parecía pensar lo mismo. O tal vez estaba imaginando el brillo de deseo en sus ojos.

–Dime una cosa.

–¿Qué?

–¿Por qué has vendido la casa?

El cambio de tema fue tan brusco que Meg tardó un segundo en entender.

–No lo sé –mintió.

–Pero tú creciste en esa casa. Tu madre también creció allí.

–Era un buen momento para venderla.

–Tu abuelo vivió toda su vida en esa casa.

–Sí, es verdad.

Meg no necesitaba que le dijera lo importante que esa casa debería haber sido para ella. Antes de Grant había vivido allí toda su vida.

Pero también le habían roto el corazón allí. Se

había sentido traicionada en esa casa, había perdido la fe en la humanidad, en sí misma. Ni siquiera le gustaba pensar en ella, pero se alegraba de que hubiera sacado el tema, porque le hacía falta recordarlo.

–Por cierto, tenías razón; no necesitamos una niñera –dijo él entonces.

–Me alegro, porque mañana por la tarde necesito que te quedes con ella un par de horas.

–¿Por qué?

–He recibido una llamada de Dalton esta mañana. Hollister ha vuelto a Houston y voy a hablar con él mañana.

Grant llegó a la mansión de los Cain treinta minutos antes que Meg. Sí, sabía que ella no lo esperaba, pero lidiaría con las consecuencias cuando tuviese que hacerlo. Había ido allí por puro instinto.

Aunque su instinto no le estaba haciendo ningún favor últimamente. Después de todo, había sido el instinto lo que hizo que besara a Meg esa mañana. La había besado porque no era capaz de contenerse, porque no encontraba fuerzas para apartarse.

Y, aunque ella había participado en el beso, aunque había disfrutado de sus caricias, al final se había apartado. Desde entonces Meg hacía lo imposible para no quedarse a solas con él, de modo que hacerle caso a su instinto no había servido de nada.

En realidad, no sabía lo que quería, salvo que

Meg y Pearl estuvieran a salvo. Y no confiaba en los Cain, de modo que se quedó sentado en el Lexus, esperando a que llegase Meg. Cuando el Chevy apareció por la esquina bajó del coche y le abrió la puerta.

–Pensé que estarías viendo *Barrio Sésamo* –dijo ella, irónica.

–Pensé que me necesitarías aquí.

–¿Y nuestra hija?

–Con Ángela, que está encantada de jugar con Pearl.

–¿Por qué no me habías dicho que vendrías?

Grant se encogió de hombros.

–Estás a punto de conocer a tu padre, al canalla que destrozó a tu familia y te abandonó. No confío en él.

–Tiene setenta y tantos años y, por lo que he oído, está al borde de la muerte. No creo que sea una gran amenaza.

–No quiero que te vuelva loca.

–Sé defenderme sola, lo he hecho toda mi vida. Además, mis hermanos estarán a mi lado.

La puerta de la mansión se abrió en ese momento y Dalton salió al porche.

–Puedes venir, pero por favor, intenta contenerte.

–Me comportaré si él lo hace.

–No creo que ver al hijo de su mayor enemigo le mejore el humor.

Aun así, en cierto modo la reconfortaba tenerlo a su lado. Cuando le puso una mano en la espalda para dirigirse a la puerta, ese gesto tan íntimo le pareció más un consuelo que un roce erótico.

Dalton miró a Grant con cara de recelo.

—A Hollister no le va a gustar.

De nuevo, Meg sintió que debía defenderlo.

—Hollister tendrá que aguantarse. No podrá negar que soy su hija y no me importa que se entere de mi relación con Grant —la palabra «relación» hizo que le ardiese la cara porque implicaba más de lo que era, pero ni Dalton ni Grant dijeron una palabra—. Creo que lo mejor sería ir al grano, no tiene sentido hacerlo de otro modo.

Ninguno de los dos le llevó la contraria.

Habían pasado cinco años desde la última vez que Grant vio a Hollister en persona. Aunque se movían en los mismos círculos sociales, Grant solía evitar a las serpientes y alejarse de Hollister había sido más fácil desde que le entregó las riendas de la empresa a Dalton. Desde entonces había sufrido varios infartos, pero Grant estaba seguro de que los sobreviviría a todos.

Al menos pensaba eso hasta que la enfermera de Hollister entró en el salón empujando una silla de ruedas. Dalton, Griffin, Cooper, Grant y Meg se levantaron, pero él se quedó en una esquina, donde no llamaría la atención de Hollister inmediatamente.

No sabía cuál sería la reacción de Meg, pero cuando vio a su padre por primera vez notó que contenía el aliento.

Hollister Cain, una vez un hombre alto y fuerte

como un tronco, se había convertido en una versión momificada de sí mismo. Parecía tan frágil como si un mero roce pudiese convertirlo en polvo.

Llevaba dos tubos de oxígeno en la nariz y una bolsa de colostomía colgando del brazo de la silla. En realidad, llevaba con él cierto olor a putrefacción.

Para algunas personas, la edad conllevaba amabilidad, comprensión, deseo de hacer las paces y redimir pecados; para Hollister solo acarreaba frustración y resentimiento. Una vez había sido un gigante que controlaba vidas y fortunas, pero la edad lo había dejado reducido a aquello. Grant casi sentía lastima por él.

Entonces Hollister miró a Meg y lanzó un bufido.

–Estos papeles parecen decir que eres mi hija –el hombre hizo una bola con los papeles y la tiró al suelo–. Pero no lo creeré hasta que te haya visto bien. Ven aquí.

Meg dio un paso adelante y se detuvo a un metro de la silla de ruedas.

–Agáchate para que pueda verte bien –Hollister se volvió hacia su enfermera–. ¡Hilda!

La mujer debía saber lo que quería, porque corrió para tomar una otomana, que dejó a los pies de la silla.

–Siéntate –le ordenó Hollister–. Hilda, trae una lámpara. Esta casa es demasiado oscura. Caro no sabía cómo iluminar una habitación.

Caro no había vivido en aquella casa más de un

año, pero a juzgar por la elegante y sofisticada decoración, Grant diría que Hollister no había cambiado nada.

Hilda salió del salón para volver poco después con una lámpara que dejó al lado de la otomana, en la que Meg se sentó con los hombros y la cabeza erguidos.

Hollister se inclinó hacia delante y alargó una mano temblorosa para moverle la barbilla de un lado a otro. A Grant no le habría sorprendido que el viejo zorro pidiera que le mostrase los dientes.

Por fin, se echo hacia atrás.

–Tienes los ojos de los Cain, pero te pareces a tu madre.

–Me sorprende que recuerdes a mi madre –dijo Meg.

Hollister abrió la boca para hablar, pero se vio sobrecogido por un ataque de tos y Hilda se apresuró a darle un pañuelo. Cuando terminó de toser, se lo devolvió cubierto de sangre y Hilda lo tomó con unos guantes de látex que depositó en una papelera adosada al respaldo de la silla.

Tal vez en aquella ocasión Hollister estaba de verdad al borde de la muerte.

–Sí, recuerdo a tu madre –dijo por fin–. Pero nunca me habló de ti. Dalton me ha dicho que tienes una hija.

–Así es.

–Y que está enferma.

–Tiene un problema de corazón y necesita una operación urgente.

–Ya –Hollister clavó en ella su mirada–. ¿Bebiste demasiado mientras estabas embarazada?

Grant automáticamente dio un paso adelante, pero Cooper lo sujetó del brazo.

–No bebí demasiado, no suelo beber –respondió Meg–. Es un defecto congénito.

Hollister miró alrededor y pareció ver a Grant por primera vez.

–¿Ese es el padre?

–Sí.

El anciano esbozó una sonrisa cadavérica.

–¿Y quién eres tú?

Fingir que no conocía a su enemigo era una táctica inteligente, una manera de controlar la negociación, pero Grant no iba a dejarse engañar. El brillo en los ojos de Hollister era demasiado malicioso.

–Soy Grant Sheppard, presidente del banco Sheppard.

–Ah, el hijo de Russell. Entonces, el defecto genético lo habrá heredado de tu familia. Russell siempre fue muy débil.

Cooper lo agarró del brazo una vez más, pero Grant no pensaba hacer nada. Hollister podía insultar su padre, le daba igual. No iba a morder el cebo.

–¿Va a casarse contigo? –preguntó Hollister, mirando a Meg.

–Estamos comprometidos –se adelantó a responder Grant.

Todos, incluida Meg, se volvieron para mirarlo.

–No pensábamos contárselo a nadie todavía, pero ya que has preguntado...

La mentira pareció satisfacer a Dalton, Griffin y Hollister, pero Cooper lo miró con gesto receloso. Y Meg parecía atónita.

–No sé si me gusta que un nieto mío sea un Sheppard –Hollister señaló a Meg con mano temblorosa–. Deberías conservar el apellido Cain cuando te cases, de esa forma tu hija sería también una Cain.

–Cuando me case –Meg miró a Grant como dejando claro que no lo había perdonado– mi hija llevará mi apellido, Lathem.

Hollister volvió a toser.

–Dime, ¿eres tan floja y llorona como tu madre o te pareces a mí?

Meg levantó la barbilla.

–Creo que me parezco a mi abuelo, el hombre que me crio.

Hollister enarcó una ceja.

–Era un viejo canalla, muy listo –murmuró, antes de mirar a sus hijos–. Bueno, ¿quién se queda con la empresa? ¿Quién la encontró?

–Yo –respondió Griffin.

Grant lo miró con cara de sorpresa, pero ninguno de sus hermanos dijo nada. Nadie parecía sorprendido, de modo que debían tenerlo todo planeado para que no cambiase de nuevo el testamento. Al fin y al cabo, Hollister Cain era un viejo loco que disfrutaba manipulando a sus hijos.

–Muy bien, entonces la empresa Cain es tuya –Hollister volvió a toser, y Hilda y él repitieron el baile del pañuelo–. Le diré a mis abogados que redacten el nuevo documento y pongan la empresa a tu nombre.

Dalton dio un paso adelante.

–Ya lo hemos hecho.

Como si los hubiera conjurado, un trío de hombres con trajes de chaqueta oscuros apareció en el salón. Grant los reconoció enseguida porque eran los propietarios del bufete más prestigioso de la ciudad.

–Buckner, Handley y Roch ya han redactado todos los documentos –siguió Dalton–. Llevan veinticinco años encargándose de tus asuntos, así que puedes confiar en ellos. Lo único que tienes que hacer es firmar. Handley se llevará el nuevo testamento, lo archivará y no tendrás que volver a pensar en ello.

Hollister lo miró, muy serio.

–No me metas prisa, tengo que pensarlo.

–No hay nada que pensar. Griffin ha hecho lo que nos habías pedido, ha encontrado a la heredera perdida. Las pruebas del laboratorio demuestran que comparte genes con los tres, de modo que es tu hija, y además, ella misma parece haberte convencido. Lo único que tienes que hacer es firmar esos documentos.

Hollister no dijo nada y, en ese momento, Grant supo que no iba a firmar. Nunca reconocería a Meg como hija legítima porque hacerlo significaría soltar las riendas de una familia que llevaba toda la vida bailando al son que él tocaba. Sí, quería encontrar a Meg, pero sobre todo quería controlar a sus hijos, que se habían ido apartando de él por sus engaños y sus manipulaciones. Aquella búsqueda, aquel reto, había sido una forma de tenerlos controlados y no estaba dispuesto a renunciar a ese poder.

Tal vez debería ser un alivio para él. Después de todo, contaba con la inestabilidad de la empresa Cain para hacerse con ella, y cuanto más tiempo tardase Hollister en firmar los papeles, mejor. Y si moría sin firmarlos mejor aún. Aquel momento debería ser un sueño hecho realidad.

Pero debía pensar en Meg, de modo que podría acabar siendo una pesadilla. Ella decía no querer el dinero, pero necesitaba independencia económica.

Además, necesitaba terminar con aquello de una vez, no por los demás, sino por ella misma. La mitad de Houston ya había aceptado que era la hija perdida de Hollister, y cuanto más tiempo tardase el viejo en reconocerlo más difícil sería para ella.

Y para la empresa Cain, porque Hollister parecería senil e incapaz...

Y fue entonces cuando entendió la verdadera razón por la que los Cain habían presentado a Meg en sociedad.

Pero antes de que pudiese decir nada, ella levantó una mano para pedir la atención de todos.

—Me gustaría hablar un momento a solas con Hollister.

Todos empezaron a protestar.

—Solo unos minutos —le dijo a la enfermera—. No voy a disgustarlo, se lo prometo.

Grant vio un brillo decidido en sus ojos; había prometido no disgustar a Hollister, pero tenía un as en la manga.

Por fin, el anciano asintió y Meg empujó la silla de ruedas hasta la habitación que le indicó Hilda.

–Incapacitar a Hollister era parte del plan, ¿verdad? –preguntó Grant cuando se quedaron solos–. Es la razón por la que presentasteis a Meg en la gala.

–Esto no es algo que quiera discutir con un competidor que ya tiene un nueve por ciento de acciones de la compañía –respondió Dalton–. Si Meg quiere que estés aquí para apoyarla, respetaré sus deseos, pero no confío en ti y no dejaré de intentar convencerla para que se aleje de tu lado.

–Lo que Dalton intenta decir es que no te metas en asuntos de negocios –intervino Griffin.

Qué interesante, los Cain sabían que había estado comprando acciones de la empresa. Pero no parecían saber que había comprado un siete por ciento adicional a través de una filial.

–Por otro lado, este es un asunto de familia y ahora yo soy parte de la familia.

–Estaría de acuerdo si Meg no hubiera parecido a punto de estrangularte.

Grant se encogió de hombros.

–La nuestra es una relación tempestuosa.

–Más razones para no hablar de la empresa contigo. Además, ya no soy el presidente, sino Griffin, como sabes muy bien.

–Ya, pero si Hollister no firma los papeles tendréis que incapacitarlo, y ese es un juego peligroso. Mientras el caso está en los tribunales, las acciones de la empresa caerán cada día más.

–Y supongo que eso sería estupendo para ti –dijo Dalton, irónico.

–Tal vez.

–Pero no para Meg.

–No intentes manipularme con eso. Es demasiado sucio hasta para un Cain –replicó Grant.

–¿Crees que lo hacemos solo por el dinero? Te garantizo que no es así. Lo hacemos por la empresa. Hollister es inestable y si sigue así no seremos los únicos en sufrir. Todos los empleados, los clientes… perderemos todos. El plan no es ideal, pero es el único que tenemos.

¿Meg estaría de acuerdo o pensaría que el precio era demasiado alto?

¿Firmaría una petición declarándolo senil para incapacitarlo? A Grant le daba igual, pero Meg… la dulce Meg querría lo mejor para Hollister.

¿O no?

Después de todo, era Meg quien estaba hablando con Hollister en ese momento. Meg quien parecía haber imaginado lo que iba a ocurrir y tenía un plan B. ¿Sería posible que fuese un paso por delante de todos?

En aquella familia de tiranos despiadados, Meg podía ser una de ellos. Era lo bastante lista y decidida como para no dejar que nadie se aprovechase de ella.

Si fuese un corderito en una familia de lobos…

pero era una loba. Una loba que olía a canela, pero una loba al fin y al cabo. Era dura, orgullosa, cabezota y podía luchar contra cualquiera.

¿Cómo había olvidado eso, aunque fuese solo un momento?

O tal vez la pregunta era ¿cómo podía no amarla por eso?

Capítulo Ocho

Meg había oído historias sobre Hollister durante toda su vida. Primero de su madre, luego de su abuelo. Hasta la gente de Victoria recordaba los meses que había vivido allí, cuando su madre se enamoró de él.

Algunos niños tenían miedo de la oscuridad, del monstruo que se escondía en el armario, de las tormentas, las serpientes o los fantasmas. Ella tenía miedo de Hollister Cain. El monstruo bajo la cama había sido su padre.

Pero eso fue mucho tiempo atrás. Lo había visto en persona, había leído cosas sobre él y sabía qué le había hecho a su familia y porqué. Casi treinta años antes, Hollister había ido a Victoria para adquirir el *software* que su abuelo había desarrollado. Eran los años ochenta y los geólogos empezaban a usar ordenadores para ayudar en las excavaciones petrolíferas. El *software* de su abuelo, que había sido diseñado para buscar acuíferos, era revolucionario, pero no quiso vendérselo a la empresa Cain, de modo que Hollister había seducido a su hija y le había robado el *software*. Y Meg tenía la prueba.

Sola con su padre por primera vez en la vida, lo miró de arriba abajo. Ya no le daba ningún miedo.

Seguía siendo un hombre malvado, pero no la asustaba.

Meg cerró la puerta de la habitación, en la que había una cama de hospital y equipamiento médico. Aquel sería sin duda el sitio donde pasaría sus últimos días, pensó mientras empujaba la silla de ruedas hasta la cama.

–Si me has traído aquí supongo que tienes algo que decir –gruñó Hollister.

–Creo que deberías firmar los papeles.

Hollister hizo un gesto con la mano.

–Lo haré, tarde o temprano. Algún día.

–Tienes que firmarlos ahora. Los dos sabemos que no hay tiempo que perder.

–Tú no sabes nada.

–Sé que toser sangre es malo –replicó Meg–. Tú querías que viniese y aquí estoy. Querías vivir tus últimos días rodeado de tu familia y tu familia está aquí. Tal vez querías saber cuál de tus hijos era el más ambicioso o el más leal… bueno, pues ya lo has visto. Ahora termina con todo de una vez.

Hollister se echó hacia delante.

–¿Crees que puedes darme órdenes? Pues no es así. Soy más duro que tú y cinco veces más cabezota.

–No creo que pueda darte órdenes –Meg sacó unos papeles del bolso y se los entregó–. Sé que puedo hacerlo.

Le dio unos minutos para que echase un vistazo y cuando empezaron a temblarle las manos añadió:

–Solo es una copia, el original está a buen recaudo. Nadie sabe dónde está, solo yo.

Hollister le tiró los papeles a la cara.

—¿Qué quieres?

—Quiero terminar con esto de una vez y quiero lo que prometiste: que le darías tu herencia a quien encontrase a la heredera perdida. Pues bien, Griffin me ha encontrado, así que firma esos documentos. Hazlo ahora mismo o mi abogado presentará una demanda.

—¿Qué demanda?

—Una demanda contra ti porque los beneficios de la empresa Cain durante los últimos veinticinco años se derivan de un *software* que le robaste a mi abuelo. Un *software* del que yo tengo la patente, por cierto. No lo sabías, ¿verdad? No lograste deshacerte de todas las pruebas.

Hollister empezó a toser.

—No me ganarías en los tribunales.

—Tal vez no, pero el caso se alargaría durante años, tal vez décadas. Y mientras tanto, la compañía por la que lo has sacrificado todo iría muriendo de muerte lenta —Meg se levantó para dirigirse a la puerta.

—Lo haces por él, ¿verdad? Porque cree que podrá comprar una mayoría de acciones y quedarse con la empresa. Eso es lo que siempre ha querido —Hollister volvió a toser y Meg le ofreció un pañuelo.

Unas gotas de sangre cayeron sobre los papeles y Meg pensó que era lógico, ya que siempre había habido sangre en ellos.

—¿Te dejo los documentos?

Hollister negó con la cabeza, sin apartarse el pañuelo de la boca.

–Entonces, hemos terminado.

–Te está utilizando. Eres demasiado tonta para verlo.

Meg esbozó una sonrisa triste.

–Voy a decirle a los abogados que entren. Porque vas a firmar, tú sabes que no tienes más remedio.

Después de limpiar los papeles volvió a guardarlos en el bolso y le ofreció una papelera para que tirase el pañuelo. No se molestó en ponerse guantes de látex, porque se lavaría las manos en cuanto saliera de allí. En todos los sentidos.

Grant paseaba por el salón, esperando que Meg apareciese. En realidad, todos paseaban por el salón; solo Griffin, el hermano que más se jugaba, parecía relajado. Sentado en el sofá, leía mensajes en su móvil mientras Hilda esperaba al lado de la puerta para atender a Hollister si era necesario.

Los tres abogados, maletín en mano, estaban discretamente apartados. Si algo les parecía raro no decían una palabra. Debían haber visto espectáculos como aquel en más de una ocasión, porque no parecían pensar que estuvieran tratando de manera injusta a un anciano. Que los cuatro hijos de un moribundo intentasen convencerlo para que firmase un nuevo testamento no sonaba bien, pero los abogados parecían entender que Hollister había aceptado.

En cuanto a Grant, no estaba en absoluto preocupado por Hollister sino por Meg.

Él sabía lo canalla que podía ser el patriarca de los Cain. Meg parecía pensar que estaba preparada para lidiar con él, pero no era sí.

Cuando estaba a punto de entrar en la habitación para rescatarla, la puerta se abrió y Meg se dirigió a los abogados.

—Pueden entrar, está dispuesto a firmar.

Los tres desaparecieron en la habitación con Hilda y Meg se volvió hacia los demás.

—En serio, no sé cómo habéis podido soportarlo durante tantos años. O cómo podéis ser personas decentes teniendo ese ejemplo.

Dalton asintió con la cabeza.

—Yo he tenido suerte.

—Yo soy muy cabezota —dijo Griffin, con su encantadora sonrisa.

Cooper se encogió de hombros.

—A mí no me mires. Yo crecí a muchos kilómetros de ese ser tóxico.

Meg se volvió hacia Grant.

—Vámonos de aquí.

—¿Entonces ya está? ¿Has convencido a Hollister para que firme?

—Así es.

—¿Le has convencido para que firme un documento que le entrega todo a Griffin? —Grant tenía el ceño fruncido—. No fue él quien te encontró, no se ha ganado ese dinero.

—En realidad, ninguno de ellos lo hizo.

—Es tu herencia y se la estás entregando a los Cain.

–Ya te he dicho que no necesito tanto dinero.

Antes de que Grant pudiese decir algo más, Griffin se colocó entre los dos.

–Esto es lo que habíamos acordado. La mejor manera de asegurar la estabilidad de la empresa es que yo reclame haberla encontrado, es más fácil así. Una vez que tenga los poderes, dividiré la herencia entre los cuatro. Tardaremos algún tiempo, pero ese es el plan.

Grant no confiaba ni por un segundo.

–Podrían ocurrir muchas cosas en ese tiempo.

Griffin hizo una mueca.

–¿Por ejemplo?

–Tú podrías cambiar de opinión sobre el dinero que merece tu hermana o sencillamente podrías perderlo.

–Eso no va a pasar.

–Espero que no porque…

Meg se colocó entre los dos hombres.

–Grant, esto no es problema tuyo.

–Pero…

–Me marcho y deberías venir conmigo, porque algo me dice que no serás bienvenido cuando yo no esté. Especialmente si sigues portándote como un idiota.

–Definitivamente, ha heredado la inteligencia de los Cain –bromeó Cooper.

Grant miró alrededor. Los hermanos de Meg no parecían contentos con él en ese momento. De modo que la siguió hasta el coche.

–No quiero que se aprovechen de ti.

–Ya, claro, porque yo soy una tonta de pueblo y cualquiera puede aprovecharse de mí.

–No pienso eso y tú lo sabes, pero sí creo que no te preocupas tanto como deberías. No sabes de lo que son capaces.

–Tienes razón, pero me da igual. ¿Sabes lo que me importa? Que mi hija va a ser operada en menos de una semana. ¡Una operación a corazón abierto! Eso es lo único que me importa ahora mismo. Lo demás, el dinero de Hollister, la herencia, incluso ese absurdo anuncio de que estamos prometidos, no significa nada para mí.

De repente, Grant se sintió como un idiota. Porque, por supuesto, tenía razón. Lo único que debería preocuparle en ese momento era la operación de Pearl. Y era en eso en lo que había pensado durante toda la semana, pero de verdad estaba preocupado por Meg.

Tal vez no debería estarlo, pero él sabía de lo que eran capaces los Cain. Lo sabía porque él era capaz de las mismas cosas.

La siguiente semana pasó a tal velocidad que Meg apenas tuvo tiempo de pensar. Después de tantos años teniendo a Hollister como una sombra, conocerlo por fin debería haberla hecho sentir algo, pero no era así porque, como le había dicho a Grant, toda su energía estaba concentrada en Pearl y antes de que se diera cuenta llegó la noche previa a la operación.

Cuando la niña se durmió, Meg, con un pantalón de yoga y una camiseta, entró en la cocina. Gisele era muy celosa de su territorio y se ponía como un basilisco si intentaba tocar una sartén, de modo que había dejado que mandase en la cocina, pero había problemas que solo unas galletas caseras podían solucionar.

Por eso, a las once, entró en la cocina, buscó ingredientes en la despensa y en la nevera y, por fin, encendió el horno. Aquella noche iba a hacer galletas, aunque al día siguiente tuviese que discutir con el ogro.

Una punzada de dolor en el cuello despertó a Grant bruscamente. Se había quedado dormido en la cama, con el ordenador sobre las rodillas, pero después de unos minutos se dio cuenta de que no era solo eso sino… ¿un olor a canela?

Grant se levantó de un salto. Meg estaba haciendo galletas.

Cuando respiró profundamente le llegó el olor a nueces tostadas; un olor que jamás se respiraba en su casa.

Se puso un pantalón corto a toda prisa y bajó a la cocina. No porque tuviese hambre, sino porque recordaba a Meg con ese camisoncito corto, como una criadita francesa. Se excitaba solo de pensarlo.

También iba a comprobar que no incendiaba la casa. Olía a quemado en la cocina.

Ya no parecía su casa. Todos los adornos caros

que había comprado estaban guardados en cajas, sustituidos por juguetes y libros de cuentos... Desde que llegaron Pearl y Meg todo había cambiado. Los juguetes tirados por el suelo, los puzles, los enchufes tapados, las esquinas de las mesas de cristal cubiertas con corcho blanco... aquella ya no era su casa.

Tal vez debería molestarlo, pero no era así, porque eso significaba que Pearl estaba a salvo, que estaba en su vida. Por qué no había alternativa. Ya no podía imaginar la vida sin la dulce sonrisa de Pearl, sin sus ojos brillantes. No podía imaginar su casa sin Pearl correteando o bailando delante de la televisión. ¿Y no ver más a Meg?

No, eso no podía ser.

Grant empujó la puerta y se detuvo...

Las encimeras, todas ellas, estaban cubiertas de galletas. Había bandejas llenas de galletas por todas partes, y en el medio estaba Meg, frente a una batidora, de espaldas a él. Llevaba un pantalón negro de yoga y una camiseta naranja, los pies descalzos, el pelo sujeto en una coleta alta, con unos mechones cayendo a los lados.

Meg apagó la batidora y metió el dedo en el cuenco para probar la mezcla.

—¿Qué haces?

Ella dio un respingo.

—Me has asustado.

Sí, también ella lo asustaba. Su fuerza, su vulnerabilidad, su amor por Pearl, su delicada belleza. No tenía defensas contra ella y eso lo aterrorizaba.

–¿Qué es todo esto? –preguntó Grant.

–Estoy haciendo galletas.

–¿Tantas?

–Bueno, las hay de centeno, de chocolate, de nueces...

–Son muchas, ¿no?

Meg inclinó a un lado la cabeza.

–Tienes una despensa llena de cosas, pero te falta vainilla. ¿Cómo es posible?

–¿Lo que te preocupa es que no tenga vainilla? Venga, Meg, es hora de irse a la cama.

–No puedo. Acabo de tostar harina para la siguiente bandeja.

Grant le puso una mano en el hombro. Tenía los músculos en tensión.

–Ya está bien –murmuró, apagando la batidora.

–Casi he terminado, solo me quedaban estas.

–Meg, te conozco y sé que cuando te pones así es que te pasa algo.

–Ah, vaya, qué deducción tan brillante –replicó ella, irónica–. Mañana operan a mi hija y estoy estresada.

–No te estás haciendo ningún favor. En un par de horas tendrás que despertar a Pearl para llevarla al hospital. ¿Crees que no se dará cuenta de que estás agotada? ¿Crees que le tranquilará ver tus ojeras?

–Creo que esta noche es mi última oportunidad de estar angustiada, así que no me juzgues y deja la batidora en paz –Meg volvió a encenderla y puso la mano en el interruptor.

–No te estoy juzgando.

–Claro que sí. Tú no sabes por lo que estoy pasando.

–¿Qué? ¿Crees que un padre no sufre tanto como una madre?

–Llevas dos semanas siendo padre, no puedes saber lo que eso significa. Tú no has tenido que levantarte en medio de la noche para cambiarle el pañal o darle el biberón, no has tenido que abrazarla mientras la vacunaban o acariciarle el pelo cuando estaba malita, no has tenido que colocar su silla de seguridad cuando estabas agotado y no podías más. No has tenido que morirte de angustia mientras el médico te decía que tu hija tenía un defecto congénito en el corazón… y eso es lo que significa ser padre. Vuelve a decírmelo cuando hayas hecho todas esas cosas.

Meg iba a pasar a su lado, pero Grant la sujetó del brazo.

–Sí, me he perdido todo eso porque tú me escondiste que tenía una hija, y será mejor que dejes de echármelo en cara.

Meg parecía a punto de decir algo, pero luego sacudió la cabeza.

–No puedes imaginar…

–Claro que puedo. ¿Crees que yo no estoy preocupado, que no tengo miedo? ¿Por qué crees que prefería que la operasen en Houston?

Meg apagó la batidora y se volvió, con la espátula en la mano.

–Esto no es sobre ti.

–Pero es asunto mío, Meg –replicó él, con más ferocidad de la que pretendía. Hasta ese momento no se había dado cuenta de que así era. Sí, Pearl era su hija, pero no lo había sentido hasta ese momento–. Este miedo, esta angustia, es tan mío como tuyo.

–No, no lo es –replicó ella, con los ojos llenos de lágrimas–. Si la operación fuese mal yo lo perdería todo.

–¿Y yo no? Si algo le pasara a Pearl no solo perdería a una hija, perdería la única oportunidad de conocerla. Si le ocurriese algo nunca podría acariciarle le pelo cuando estuviese malita, nunca podría instalar la silla de seguridad, nunca podría cambiarle el pañal. Por eso no voy a dejar que ocurra, te lo prometo. Todo va a salir bien.

No podía pensar cuando Meg lo miraba así, con esa mezcla de compasión y esperanza, como si no fuera el enemigo, como si no fuera el canalla que la había dejado plantada. No podía pensar porque había un brillo de fe en su mirada. Y si Meg creía en él cuando decía que todo iba a ir bien…

Por supuesto, la verdad era que no lo sabía. Había hecho una promesa que no podría cumplir.

La vida de su hija estaría en juego en el quirófano y él no podría hacer nada. No tenía manera de proteger a Pearl… ni a Meg.

Ese era el pensamiento que había estado intentando aplastar durante todo el día. El pánico que lo amenazaba, el miedo que se lo comería vivo si lo dejaba.

Por eso hizo lo único que podía hacer para mantenerlo a raya: envolver a Meg entre sus brazos. Y, para su sorpresa, ella no protestó.

–Todo irá bien –repitió–. Te prometo que todo irá bien.

«Por favor, Dios mío, que todo salga bien», rezó, en silencio.

Meg lo abrazó por la cintura y, dejando escapar un suspiro de alivio, Grant le acarició la espalda mientras ella enterraba la cara en su pecho.

Había olvidado aquello, lo bien que se sentía con ella. O lo había enterrado en el rincón más oscuro de su memoria. Ninguna otra mujer era como Meg; como si sus cuerpos estuvieran hechos el uno para el otro. Le encantaba tenerla entre sus brazos, pero era una tortura.

Tal vez así era, como si hubiese nacido para atormentarlo, para hacerlo caer, para destruirlo.

Desde aquella mañana, en el comedor, los dos habían evitado estar a solas, bailando uno alrededor del otro para no tocarse, para no tener que recordar.

Grant respiró profundamente al sentir la humedad de sus lágrimas en la camiseta, pero entonces algo se le encogió en el pecho.

Y entonces fue cuando lo supo: había estado engañándose a sí mismo.

Sí, había insistido en que fueran a Houston por Pearl. Y sí, quería facilitarles las cosas, pero no era solo eso. Era Meg, así de simple, así de obvio.

Era su deseo de estar con ella, de intentarlo otra

vez y tal vez en aquella ocasión no portarse como un canalla.

Grant experimentó un momento de pánico porque aquello no era como debía ser. Él debía llevar el control. ¿Para qué levantar sus defensas si se derrumbaban la primera vez que Meg lo miraba con lágrimas en los ojos?

Estaban solos, y el deseo se abría paso, reemplazando al miedo y la tensión que lo devoraba cada noche. Era un deseo profundo, mucho más que físico.

No solo quería acostarse con ella, quería consumirla, devorarla, dejarle una marca en el alma para que no dudase nunca que era suya. Quería poseerla.

Y sabía que Meg sentía lo mismo.

Grant respiró profundamente, intentando controlarse.

Lentamente, levantó una mano para acariciarle la cara, rozando sus labios con la punta de los dedos, tocando su cuello, sintiendo el pulso que latía allí.

Tragó saliva, inclinando la cabeza para buscar sus labios, y la oyó contener el aliento. Cálida y acogedora como el cielo.

Meg se puso de puntillas, sus sedosos labios abriéndose para él, dejando que insinuase su lengua entre ellos. Grant gimió, apretándola contra él, agarrando su trasero para sentarla en la encimera.

Enterró los dedos en su pelo, deseando comérsela, explorarla de arriba abajo, besándole el cuello como un hombre hambriento.

Quería consumirla, ser consumido por ella.

—No deberíamos —murmuró Meg.

Grant se apartó para mirarla con ojos cargados de deseo.

–No, es verdad.

Esperó con el pulso acelerado, pero cuando no dijo nada más no pudo resistirse al impulso de besarla de nuevo mientras le metía la mano bajo la camiseta para acariciarle las costillas, sus pechos desnudos... excitado, tiró hacia arriba de la camiseta para acariciarle un pezón, deslizando la lengua por la cresta y chupándolo hasta que Meg se arqueó hacia él, gimiendo de placer. Grant no se cansaba de ella... olía a especias, a canela y sabía a aflicción y a sueños perdidos.

–Esto no puede ser, no resuelve nada.

Grant se apartó para mirarla a los ojos.

–Lo sé –asintió. La tentación era irresistible, pero pararía si se lo pedía–. ¿Quieres que pare?

–No –Meg metió los dedos en la cinturilla del pantalón de yoga y tiró de él.

Se lo quitó, quedando desnuda de cintura para abajo, la camiseta levantada, mostrando un pecho desnudo, sus pliegues húmedos de deseo...

Era absolutamente irresistible.

Grant se arrodilló ante ella, abriéndole las piernas con las manos para deslizar los pulgares por su húmedo sexo. El capullo enterrado entre los rizos parecía temblar buscando su atención y la acarició allí, haciendo círculos con la lengua mientras Meg se arqueaba hacia él, suspirando, jadeando. Cuando terminó en su boca era como estar en el cielo y el infierno al mismo tiempo.

Cuando se incorporó, Meg le enredó las piernas en la cintura y enterró la cara en su cuello.

–Eso no significa que no te odie.

–Lo sé –murmuró Grant. Le rompía el corazón, pero lo sabía.

–Solo necesito…

–Lo sé.

–No ha sido suficiente –Meg tocó su erección, acariciándola con los dedos.

–Lo sé.

Un momento después, ella misma lo guiaba a su interior, apretando las caderas contra él.

Y Grant lo sabía incluso mientras se perdía en el calor de su cuerpo. Lo sabía, no era suficiente. Un poco de Meg nunca sería suficiente. Lo quería todo, su cuerpo, su corazón, su alma, y maldita fuera, lo conseguiría.

Capítulo Nueve

Meg despertó antes de las cinco, sola en la enorme cama del dormitorio principal. Pearl dormía en el parque, en una esquina, y Grant había desaparecido, aunque estaba segura de que había dormido a su lado al menos unas horas.

Pero se negaba a pensar en Grant, en lo que había pasado por la noche o en lo que eso significaba para su relación. En lugar de eso, se vistió y salió de la habitación sin hacer ruido. Dudaba que pudiese comer algo, pero el café era esencial.

Esperaba encontrar la cocina hecha un asco, que era como la había dejado por la noche, pero todo estaba limpio y reluciente. Gisele estaba secando platos. En la encimera, a su lado, había dos tazas de café: uno solo, como lo tomaba Grant; y el otro con leche para ella. Entre las dos tazas había una bolsa con galletas y botellas de agua mineral.

Era un gesto de amabilidad tan inesperado que solo podía significa dos cosas que al fin se había encariñado con Pearl y la compasión por la niña le había ablandado el corazón.

Agradecida, tomó un sorbo de café.

–Gracias.

Gisele no se volvió, pero dejó de secar platos.

119

–De nada.

De vuelta en el dormitorio, Meg se puso un par de vaqueros y una camiseta con un sol dorado; aquel día necesitaba creer en la magia. Por preparada que creyese estar, no podía dejar de pensar en mil cosas a la vez. Todo iba a salir bien, todo tenía que salir bien.

Pero los problemas empezaron cuando Pearl hizo con las manos la señal que solía hacer cuanto tenía hambre.

–Mamá…

–Lo siento cariño –murmuró Meg–. Después, ¿eh?

Pearl frunció el ceño, haciendo la señal una y otra vez, y Meg tuvo que morderse los labios para no llorar.

–¿Nos vamos? –preguntó Grant.

–Sí, claro.

Grant le apretó la mano.

–Siempre me pide comida así, pero no sé cómo explicarle que hoy no puedo dársela –murmuró.

–Lo sé –dijo él, mientras sentaba a Pearl en la silla de seguridad.

La niña no dejaba de hacer la señal, frustrada, y a Meg se le encogió el corazón. ¿Cómo sería para un padre no poder dar comida a sus hijos?

–Todo va a salir bien –dijo Grant.

–Sí –murmuró ella. A pesar de sus miedos, había cosas peores que una operación.

Incluso tan temprano había tráfico en el centro, pero la casa de Grant estaba cerca del hospital, de modo que llegaron en unos minutos. Pearl, contenta a pesar de todo, se ganó el corazón de las enfermeras, que los dejaron quedarse con la niña mientras la preparaban, abrazándola hasta que se quedó dormida.

Cuando la manita de Pearl se relajó del todo, Meg sintió la de Grant en su hombro.

–Es la hora.

–Lo sé.

Había dos camilleros en la habitación, de modo que había llegado el momento.

Aun así, Meg tardó un momento en entregarles la niña. Tenía tanto miedo de que aquella fuese la última vez que la viese con vida…

A pesar de la noche anterior, de la pelea, de la rabia a la que se agarraba, tener a Grant a su lado le dio fuerzas para llegar a la sala de espera.

En la puerta, la enfermera la animó con una sonrisa, que era a la vez solemne y voluntariosa.

–Vamos a terminar de prepararla y luego la llevaremos al quirófano. Yo estaré con ella todo el tiempo. No será una operación muy larga, pero el cirujano tardará varias horas en hablar con ustedes. Pero no se preocupen, vendremos a buscarlos antes de que despierte.

De no ser por la mano de Grant en su cintura, Meg no habría encontrado fuerzas para mantenerse en pie. De repente estaba agotada, angustiada, nerviosa, temiendo las horas de espera.

Tanto que cuando se dejó caer en una silla tardó un momento en darse cuenta de que Grant seguía en la puerta, con las manos en los bolsillos del pantalón, mirando a alguien con una ceja arqueada.

Cuando miró en esa dirección vio a Dalton, Laney... todos los Cain estaban allí. Y, por primera vez en su vida, Meg sintió como si tuviera una familia.

Las horas parecían eternas. Todos le ofrecían té, café, un refresco, pero Meg no podía tragar nada. Tenía la garganta cerrada, el corazón encogido.

Poco después, una mujer rubia de mediana edad entró en la sala de espera y todos se levantaron para darle un abrazo. Todos, incluidos Dalton y Grant.

Meg estaba desconcertada. La mayoría de las veces, cuando estaban juntos, parecían hacer un esfuerzo para no pegarse. ¿Quién era esa mujer a la que todos parecían tener tanto afecto?

Grant se acercó entonces.

–Meg, te presento a Sharlene Sheppard, mi madrastra.

Meg le ofreció su mano.

–Encantada de conocerte.

–No seas boba, eres la madre de mi nieta, no vamos a darnos la mano –Sharlene le dio un abrazo que la dejó sin oxígeno por un momento.

–Su abuela –pudo decir por fin.

Había leído en algún sitio que el padre de Grant había vuelto a casarse tras la muerte de su primera esposa, pero no sabía que tuviesen tan buena relación.

Sharlene se apartó un poco para mirarla.

–Así que tú eres Meg.

—Sí, lo soy.

—Meg es… —empezó a decir Grant.

Pero antes de que terminase la frase, Sharlene le dio una palmadita en el brazo.

—¿Por qué no me has llamado para contarme que iban a operar a Pearl? De hecho, ¿por qué no me habías dicho nada sobre la niña?

Grant se encogió de hombros.

—La última vez dijiste que no querías saber nada de mí a menos que fuese una emergencia.

—Me refería a una emergencia profesional —protestó su madrastra—. La última vez que estuve de vacaciones me llamaste tres veces por asuntos del banco.

—Eran cosas urgentes.

—¿Y no se te ha ocurrido que la operación de un familiar es algo más urgente aún?

Sharlene era a la vez una típica señora del sur, una encantadora mamá osa y una fuerza de la naturaleza. Nada de eso hacía más fácil descifrar su relación con Grant.

Mientras ellos charlaban, Meg volvió a sentarse; la preocupación por su hija eclipsada brevemente por la entrada de Sharlene. Unos minutos después, Portia se sentó a su lado.

—Pareces desconcertada.

—Lo estoy.

—¿Por Sharlene?

—Parece llevarse muy bien con los Cain y eso no lo entiendo.

Portia sonrió.

–Sí, supongo que es un poco raro. ¿Conoces la historia de Sheppard-Cain?

–Sé que hay mala sangre entre las dos familias…

–No, me refiero a la historia de la compañía Sheppard-Cain. Aunque supongo que en realidad es lo mismo.

–No, de eso no sé nada.

Portia tomó un sorbo de té, como pensando lo que iba a decir.

–En los años setenta, Hollister y Russell Sheppard se hicieron socios y formaron la empresa Sheppard-Cain. Era una empresa dedicada a la banca y la gestión inmobiliaria, pero también a las exploraciones petrolíferas. Sharlene era la ayudante personal de Hollister y su amante, pero la empresa se hundió en los años ochenta, probablemente cuando tú naciste. Hollister y Russell tuvieron una pelea y la compañía se dividió. Sharlene debía estar cansada de cómo la trataba Hollister, porque lo dejó y empezó a trabajar para Russell. O tal vez dejó a Hollister porque se había enamorado de Russell, no lo sé. Pero se casaron cuando la compañía se rompió. Russell Sheppard se quedó con la parte dedicada a la banca; Hollister con la inmobiliaria y las prospecciones petrolíferas, que entonces parecían no valer nada. Después de eso, la empresa Cain desarrolló un *software* que cambió las prospecciones para siempre –Portia tomó otro sorbo de té–. Hay muchas cosas que probablemente solo Sharlene y Hollister saben. ¿Lo dejó por Russell? ¿Hollister arruinó a su socio por venganza? En fin, no lo sé, pero en pocos años convirtió a la empresa Cain en la compañía multimillonaria que es hoy en día.

—El banco Sheppard tampoco es pobre precisamente —comentó Meg, a la defensiva.

—Grant tiene el talento de un pirata, pero cuando la compañía la dirigía su padre... en fin, Russell no tenía ese instinto asesino, y nunca fue el mismo después de la traición del hombre al que creía su mejor amigo.

Meg se quedó pensativa un momento.

—Pero es raro.

—¿Qué es raro?

Meg miró a Portia arqueando una ceja.

—Que Grant y los Cain se odien tanto, pero la madrastra de Grant es como un miembro de la familia para vosotros. Era la amante de Hollister antes de casarse con el padre de Grant... en fin, es un poco raro todo.

—¿Porque estuvo con Russell y con Hollister?

—Sí.

—Digamos que sería difícil encontrar una mujer guapa con la que Hollister no se hubiera acostado en su época —bromeó Portia—. Tu madre no fue la única a la que hizo daño.

—Ya lo sé.

Por supuesto, Meg sabía algo de la traición de Hollister, pero era peor de lo que había esperado. Aunque, en comparación con la operación de su hija y la angustia que estaba viviendo, todo le parecía mezquino e insignificante. Era absurdo que la pelea entre Hollister y Russell siguiera afectando.

Pero, por absurdo que fuera, esa traición la afectaba a ella tanto como a los demás, porque el *software* para exploraciones petrolíferas, el producto que había puesto a la empresa Cain en el mapa y les había hecho ganar cientos de millones, era el *software* que había desarrollado su abuelo.

Parte geólogo, parte loco de la informática, su abuelo había desarrollado ese *software* antes de que ella naciese porque quería hacer del mundo un sitio mejor y pensaba que liberar recursos naturales era la clave. Cuando se negó a vendérselo a Hollister, el patriarca de los Cain, acostumbrado a jugar sucio, había seducido a su madre, haciéndola creer que estaba enamorado de ella. Como no podía comprar el *software*, lo robó y destruyó las pruebas de la autoría.

Hollister no solo había robado a su abuelo sino que había destruido a la toda la familia. Nadie podría convencerla de que Hollister Cain no era el propio demonio.

Durante toda su vida había odiado a su padre y sentía cierto resentimiento hacia su madre por ser tan débil, tan crédula. Enamorándose de Hollister le había dado poder sobre ella.

Pero tenía que preguntarse… ¿había hecho ella lo mismo con Grant? ¿No se había enamorado también de un millonario engañoso y manipulador? ¿Era ella menos crédula que su madre? ¿Estaría repitiendo sus errores?

Por su bien y por el de Pearl, esperaba que no fuera así.

Por alguna razón, la presencia de Sharlene hacía que Grant se sintiera como un extraño. Aunque Sharlene era lo más parecido a una madre que había tenido nunca, en cierto modo era tanto de los Cain como suya. Igual que Meg.

Era imposible sentirse animado por su presencia cuando lo que quería era estar a solas con Meg. Era su hija quien estaba en el quirófano, la hija de los dos. ¿Era tan malo querer ser el único que consolase a Meg?

Pero ella estaba charlando con Portia, Sharlene, Griffin y Sydney. Angustiado, Grant fue a la cafetería para tomar una taza de café y luego, en lugar de volver a la sala de espera, salió al jardín del hospital.

Y allí fue donde lo encontró Sharlene unos minutos después.

—A ver si lo adivino: te lo ha contado Grace.

—Claro que sí. Tú sabes que tu hermana no puede guardar un secreto. Quería venir, pero Quinn está resfriado y Grace no quería traer virus al hospital. ¿Pensabas que no me enteraría tarde o temprano?

—No, claro que no.

—¿Piensas llevarte a Meg y Pearl a Victoria después de la operación y no volver a verme nunca?

Grant esbozó una sonrisa.

—Acabas de llegar, pero pareces saber mucho sobre Meg y Pearl.

Sharlene se encogió de hombros.

—Como he dicho, Grace no sabe guardar secretos.

—¿Qué te ha contado?

—Lo suficiente.

—¿Suficiente para qué? —preguntó Grant.

Esa era la razón por la que no le había contado nada a Sharlene. Su madrastra era una de las pocas personas cuya opinión valoraba y ella no aprobaría lo que había hecho.

—Lo suficiente como para saber que Meg era parte de un plan para vengarte de Hollister. Y lo suficiente como para saber que seguramente lamentas lo que hiciste. Me preocupas, Grant.

—Porque soy tan canalla como Hollister.

—No, porque llevas demasiado tiempo odiándolo. Lo culpas por todo lo que salió mal en tu vida, en la vida de tu padre, en la mía.

—Si lo culpo es porque provocó mucho dolor —dijo Grant, levantando la cabeza para mirarla—. No puedes negarlo, te hizo la vida imposible.

—Ah, cariño —Sharlene alargó una mano para tocarle la cara—. Nadie te hace la vida imposible a menos que tú se lo permitas.

—No lo creo. Algunas personas son tan canallas que hacen sufrir a todos los que tienen alrededor.

—¿Y esa es la clase de hombre que tú quieres ser? ¿Un canalla como Hollister?

—Lo único que quería era que pagase por lo que hizo.

—Pero no es tu obligación hacer que pague, ¿no

te das cuenta? Él es el canalla, no tú. Y ya ha pagado por lo que hizo –Sharlene se volvió para mirar el estanque–. Tu padre y yo nunca tuvimos la fortuna de Hollister. El corazón de tu padre falló y no tuvimos tanto tiempo como nos habría gustado, pero los años que vivimos juntos fueron muy felices. Los años que viví contigo y con tu hermana fueron muy felices y, personalmente, creo que nada enfurece más a Hollister que ver a la gente feliz. Si te viese feliz con su hija podría estirar la pata.

Después de eso, Sharlene se dio la vuelta, pero antes de desaparecer añadió:

–Eso si crees que Meg podría hacerte feliz.

Por supuesto que podría hacerle feliz. Con Meg y Pearl había sido más feliz que nunca en toda su vida. La cuestión era si él podría hacerlas felices.

Media hora después, Meg se dio cuenta de que Grant había desaparecido. Al principio pensó que habría ido a la cafetería a tomar algo, pero no había vuelto. Comprobó la hora, hojeó una revista, tomó un té, volvió a comprobar la hora.

¿Dónde había ido?

No podía estar hablando de negocios por teléfono ni haberse ido del hospital. No esperaba que estuviese pegado a ella todo el tiempo, apretando su mano, pero…

Meg volvió a mirar el reloj. Habían pasado más de dos horas desde que Pearl entró en el quirófano. ¿Dónde estaba Grant?

Se levantó, pero antes de que pudiera dar un paso Sydney estaba a su lado.

—¿Necesitas algo?

—No, yo... —Meg miró alrededor—. Estoy bien. Solo quería estirar las piernas un rato.

Unos minutos después encontró a Grant en el jardín. Estaba sentado en un banco, frente a una fuente, con los codos apoyados en las rodillas.

Levantó la mirada al escuchar sus pasos, pero se quedó donde estaba.

—¿Los Cain te han intimidado? —intentó bromear.

Grant esbozó una sonrisa.

—No tanto intimidado como superado en número.

Meg se sentó a su lado en el banco.

—Puede que nos superen en número, pero no me importa. No tienes que esperar aquí.

Grant le pasó un brazo por los hombros.

El apoyo de los Cain significaba un mundo para ella. Había estado sola durante tantos años... hija única, madre soltera, huérfana.

Por primera vez tenía una familia.

Apoyó la cabeza en su hombro, buscando un momento de consuelo y, como siempre, experimentó esa emoción... el más simple roce la ponía nerviosa, pero aquel día era diferente, más calmado. Como si todo fuese más fácil entre ellos.

Y entonces Grant dijo lo último que esperaba escuchar.

—Creo que deberíamos casarnos.

Meg se quedó inmóvil, casi sin atreverse a respirar.

–¿Casarnos? –repitió, después de aclararse la garganta.

–Quiero que seamos una familia de verdad, quiero que vivamos juntos.

–En Houston –dijo Meg.

Él asintió con la cabeza.

–Sí, claro.

–No puedo irme de Victoria, no puedo dejar mi pastelería.

–Has dejado la pastelería durante semanas y todo va bien.

–Una cosa es dejar a alguien a cargo de la pastelería durante unas semanas y otra mudarme a una ciudad que está a dos horas de Victoria.

Grant se encogió de hombros.

–Encontraremos la manera de solucionarlo.

–¿Por qué? –le preguntó Meg–. ¿Por qué voy a poner mi vida patas arriba? ¿Por qué vas a hacerlo tú? ¿Por qué no dejamos las cosas como están?

–Pearl es mi hija.

–Millones de hombres tienen hijos todos los días y no lo piensan siquiera.

–¿Millones de hombres? –repitió él, burlón–. Eso es un poco exagerado, ¿no te parece?

Meg puso los ojos en blanco.

–Bueno, el número exacto no es lo que importa.

–Lo sé.

–A mí padre yo no le importo nada.

–Sé lo que Hollister le hizo a tu familia. Abusó de la confianza de tu madre por dinero y yo…

Grant no terminó la frase.

—Y tú estuviste a punto de hacer lo mismo conmigo.

—No lo mismo, pero algo parecido.

Meg asintió con la cabeza.

—Crees que esta es tu última oportunidad de redimirte, que si actúas como padre de Pearl no serás tan malo como Hollister.

Él pareció sorprendido por sus palabras, como si no hubiera pensado en algo que parecía tan obvio para ella. No era una mala persona, sencillamente había cometido un error.

—Grant…

Pero antes de que pudiera seguir, él la interrumpió:

—No soy el único que tiene algo que ganar. En Houston, Pearl tendría acceso a todo lo mejor: la mejor sanidad, la mejor terapia ocupacional, los mejores colegios.

—Sí, pero…

—Y tú no tendrías que preocuparte por el dinero.

—¿El dinero? —repitió ella.

—Tu herencia, todo ese dinero que dices no querer. Si te casas conmigo no tendrás que volver a pensar en ello.

—Es muy generoso por tu parte —Meg no se molestó en esconder una sonrisa.

Grant sonrió también.

—No quería decir eso, no tengo motivos ocultos cuando se trata del dinero de Hollister.

—Ya no tienes motivos ocultos.

—Cierto —Grant levantó las manos como si estuviera pidiendo una tregua–. Lo que quiero decir es que si no te interesa pensar en el dinero casarte con un banquero es la solución perfecta.

–Ah, vaya, qué romántico.

–Nos entendemos bien, Meg. Pensé que no hacía falta convencerte de eso.

–Puedes ser un padre para Pearl sin tener que casarnos.

–Lo sé –Grant se levantó, pasándose una mano por el pelo–. Pero yo quiero ser su padre de verdad, quiero formar una familia. Después de anoche, esperaba que tú también quisieras eso.

Claro, era de esperar. ¿Por qué no?

No sería el primer hombre que intentaba salirse con la suya con el menor esfuerzo posible. El sexo entre ellos era genial, no podía negarlo porque lo había sido desde el principio. Entonces, ¿por qué aceptar un padre a distancia si podían casarse? De ese modo, él conseguiría la absolución que buscaba.

–No lo sé, Grant.

–¿Qué quieres que diga? ¿Quieres que te suplique? ¿Quieres un gesto romántico? ¿Quieres que clave una rodilla en el suelo y te jure devoción eterna?

Meg dejó escapar una risita más amarga que alegre.

Sí, le gustaría todo eso, claro que sí. Ella no quería un matrimonio de conveniencia, no quería casarse con él para no tener que pensar en el dinero. Quería casarse con él porque Grant se lo hubiera suplicado. Porque no podía vivir sin ella, porque la necesitaba.

Y querer todo eso la asustaba.

Ella no se veía como una persona exageradamente romántica, salvo en lo que se refería a Grant.

Con Grant lo quería todo.

Probablemente porque ella se lo estaba dando todo. En algún momento, durante esas semanas, no solo había perdonado a Grant por romperle el corazón sino que había vuelto a entregárselo y él era demasiado tonto como para darse cuenta.

Grant esbozó una sonrisa que le despertó un aleteo de mariposas en el estómago.

—¿Qué dices? ¿Quieres casarte conmigo?

Antes de que ella pudiese responder, Laney apareció de repente en el jardín.

—Pearl ha salido del quirófano, el cirujano está esperando para hablar con vosotros.

Capítulo Diez

Nada era capaz de aplastar el ego de un hombre como pedirle a una mujer que se casara con él y no recibir respuesta.

Pero tal vez era culpa suya por preguntárselo cuando Pearl estaba en el quirófano. Tal vez había sido un error porque Meg estaba exhausta y asustada. Y sí, seguramente debería haberse trabajado más la presentación, pero le había abierto su corazón la noche anterior y aquella mañana...

Sentado en el jardín, mientras esperaba que les dijeran cómo había ido la operación, Grant había estado absolutamente seguro de una cosa: daba igual lo que pasara, no quería perder a Meg.

Y, sin embargo, allí estaban, casi dos horas después de haber hablado con el cirujano y el anestesista, después de haber pasado una hora al lado de la cama de Pearl, esperando a que despertase, Meg seguía sin decir una palabra.

De hecho, apenas lo había mirado. Lo había abrazado, había llorado de alivio entre sus brazos, pero ni una sola vez lo había mirado a los ojos. Y no importaba, porque Pearl estaba bien; había superado la operación y el orificio en su corazón curaría.

Grant estaba emocionado y aliviado como nunca. Desgraciadamente, a él nunca se le había dado bien esperar, de modo que paseó por la diminuta sala de recuperación hasta que, por fin, la enfermera tuvo que pedirle que parase.

Durante todo ese tiempo, Meg estuvo sentada al lado de la cama, apretando la mano de la niña y levantándose de vez en cuando para estirarse, pero sin separarse de ella.

Pearl abrió los ojos en un par de ocasiones. No estaba despierta del todo y empezó a llorar, asustada, la segunda vez tenía frío, la tercera estaba enfadada. Meg la calmaba con caricias y besos hasta que, por fin, despertó del todo y miró alrededor. Sonrió al ver a su madre y luego giró la cabeza y le sonrió a él, alargando una manita que Grant apretó, con un nudo en la garganta.

Meg estaba equivocada. Él no las quería porque pensara que era una forma de redimirse. Quería que lo perdonase, pero no necesitaba redención porque, sencillamente, ya no era ese hombre y esperaba que ella se diera cuenta.

Pearl apretó las manos de su padre y su madre y tiró de ellos como si fuera un juego, como si supiera...

Meg ni siquiera miró a Grant mientras decía:

—Muy bien, me casaré contigo.

Tal vez su proposición no había sido romántica, pero tampoco lo era su respuesta.

Meg no había aceptado porque lo amase o lo necesitase. Había dicho que sí porque Pearl quería que estuvieran juntos.

Daba igual, lo importante era que había aceptado y, con el tiempo, encontraría la manera de ganarse su corazón.

Casi había anochecido cuando llevaron a Pearl a una habitación en el ala de pediatría. Meg no se había movido de su lado un solo momento, pero Grant la convenció para que fuese a la cafetería a comer algo mientras él se quedaba con la niña.

Una parte de ella temía que Grant quisiera hablar sobre la proposición y su respuesta. No estaba preparada para hacerlo; de hecho, no sabía bien por qué le había dicho que sí, de modo que era un alivio poder estar sola un momento.

Encontró a Dalton en la cafetería y, al verla entrar, se levantó como si hubiera estado esperándola.

Meg se acercó a él con una sonrisa afectuosa. Dalton se había quedado todo el día en el hospital como el hermano mayor que nunca había tenido.

—No hacía falta que te quedases...

Dalton la abrazó durante largo rato, casi como si él mismo estuviera consolándose con ese abrazo. Y Meg se dio cuenta entonces de que no llevaba la misma camisa que había llevado por la mañana.

—Hollister ha muerto.

Meg contuvo el aliento.

—¿Cuándo?

—Esta mañana, cuando Pearl estaba en el quirófano. Todos teníamos los móviles apagados.

Meg vio su expresión atribulada y se preguntó

qué sentiría. Era tan raro para ella, tan desconcertante.

Durante toda su vida, Hollister había sido no solo un padre ausente sino el hombre del saco, el monstruo que podría llevársela si quisiera. Sus sentimientos por él nunca habían sido conflictivos. De hecho, no sentía nada por él.

Pero no sabía lo que Dalton y sus hermanos sentían por Hollister ni tampoco cómo consolarlo ni si debía hacerlo.

–Lo siento –murmuró.

–Hay otra cosa de la que quería hablar contigo.

Meg no sabía si podría lidiar con algo más aquel día.

–¿De qué?

–Laney ha oído a Grant pedirte en matrimonio.

Ella asintió con la cabeza, sorprendida.

–No voy a pedirte que no te cases con él –siguió Dalton–. La verdad es que ya no sé qué pensar de Grant, pero Hollister ha muerto y el cambio en su testamento lo complica todo.

–Lo sé.

Aunque había intentado no pensar en el dinero, ese dinero que no quería y que nunca había querido.

–No, no lo sabes Meg –dijo Dalton entonces–. Hay cosas sobre Grant que no te he contado, y estoy seguro de que él tampoco lo ha hecho.

***

Más que nadie, Grant debería haber disfrutado de la justicia que representaba la muerte de Hollister. El hombre había muerto solo mientras toda su familia atendía a la nieta a la que no había querido conocer. Era un final triste para un canalla egoísta y manipulador. Hollister se había pasado la vida intentando hacer que su familia bailase al son que él tocaba, pero al final ninguno de ellos lo había hecho.

Debería alegrarse de su muerte, y tal vez lo habría hecho si Meg no estuviese tan disgustada por la noticia. Grant no entendía por qué. Tal vez porque había muerto precisamente aquel día tan duro para ella.

Y los días siguientes no fueron mejores. Meg estaba constantemente en el hospital, al lado de Pearl, y el día del funeral su amiga Janine se quedó con la niña.

Durante todo ese tiempo Meg parecía extrañamente desconectada. No solo del dolor sino de él. No lo tocaba, apenas habló con él y parecía incapaz de mirarlo a los ojos.

Grant se decía a sí mismo una y otra vez que cada uno sufría a su manera, que la suya era una relación nueva y tal vez no se sentía cómoda hablándole de sus sentimientos, pero no le gustaba y no podía dejar de pensar que ocurría algo.

Un miedo que fue confirmado cuando llegó a casa dos días más tarde y encontró a Meg haciendo las maletas. Pearl saldría del hospital al día siguiente, pero el parque en el que dormía la niña estaba doblado, y esa era una mala señal.

Y, maldita fuera, Meg seguía sin mirarlo.

Grant se detuvo en la puerta del dormitorio.

–¿Vas a contarme qué pasa o pensabas irte sin decirme una palabra?

–¿Como hiciste tú? –replicó ella.

–Muy bien, de acuerdo, me lo merezco –asintió Grant. Pero no le gustó nada el resentimiento que había en sus ojos.

–¿Por qué no me habías contado que posees el veinte por ciento de la empresa Cain?

Él la miró, sorprendido.

–En realidad, solo es un…

–¿Por qué no me habías contado que has estado comprando acciones de la empresa de mi padre?

Grant sabía que aquel día tenía que llegar, aunque se decía a sí mismo que a Meg no le importaría porque odiaba a Hollister tanto como él. Incluso más. Y, desde luego, tenía razones para odiarlo.

Tal vez debería haber protestado y lo habría hecho si su enfado no estuviese justificado. Y si no hubiera visto en sus ojos un brillo de angustia que no podía disimular.

–¿No vas a inventar alguna excusa? ¿No vas a decir que el tema no ha salido, que en el último mes no se te ha ocurrido contármelo aunque viviésemos juntos?

–No, no voy a decir eso.

–Porque a mí me parece que el tema debería haber salido en algún momento.

–Tienes razón.

Eso pareció enfurecerla aún más.

–¿Quieres dejar de ser tan razonable?

–¿Qué quieres que diga?

–Solo quiero que me lo confirmes, quiero tenerlo claro del todo –Meg dejó escapar un suspiro–. Hace dos años y medio me buscaste y me sedujiste… y lo entiendo. No era solo una venganza contra Hollister, querías las acciones para quedarte con la empresa. Pero entonces, de repente, cambiaste de opinión. O tal vez pensaste que Hollister no sabía nada de mi existencia y, por lo tanto, yo no era importante. Fuera cual fuera la razón, te fuiste de mi lado.

–Me marché porque me di cuenta de que estaba enamorándome de ti.

Era la primera vez que decía esas palabras en voz alta. Por primera vez lo admitía ante sí mismo.

Pero Meg no le hizo caso

–Entonces volviste a Houston y empezaste a comprar acciones de la empresa Cain.

Grant intentó tomarla del brazo, pero ella se apartó.

–Ya que estamos aclarando las cosas, escúchame: me marché porque estaba enamorándome de ti y no quería hacerte daño.

–Has estado comprando acciones hasta hace un mes. ¿Lo niegas?

–No, claro que no. ¿Por qué iba a negar algo tan fácil de comprobar?

–Entonces admites que sigues queriendo hacerte con la empresa Cain.

–No, no admito eso. Hace un mes sí, pero ya no.

–¿Por qué? ¿Porque ya no tienes que engañar a nadie? ¿Porque solo tienes que esperar a que la empresa caiga en tus manos al casarte conmigo?

–Ya no me importa la empresa Cain. Lo que me importa…

–Ya, claro –lo interrumpió Meg–. El propósito de tu vida era quedarte con la empresa Cain y, de repente, ha dejado de importarte. ¿Cómo voy a creerte?

–¿Quieres saber por qué ya no me interesa la empresa Cain? Porque me he dado cuenta de que estoy enamorado de ti. Y cuando lo supe, todo eso dejó de tener importancia.

Meg se quedó callada un momento, mirándolo. Pero luego, en lugar de la sonrisa que él había esperado o incluso el desconcierto, vio un brillo de furia en sus ojos.

–Ah, ¿entonces ahora me quieres?

–Sí –afirmó Grant.

–Eso es muy conveniente, ¿no?

Él estuvo a punto de soltar una carcajada.

–Te aseguro que amarte no es lo más conveniente que he hecho en mi vida.

Meg lo miró, desconcertada.

–Si nos casamos, entre mis acciones y las tuyas tendrías suficientes para hacerte con la empresa. Tú y yo juntos tendríamos más que Dalton, Cooper o Griffin.

–¿Crees que eso me importa? Pues no es así –sus palabras sorprendieron al propio Grant, porque hasta ese momento no se había dado cuenta de que era verdad.

142

–Creo que hacerle daño a Hollister es lo único que te importa –insistió ella.

Y hasta que conoció a Meg eso era verdad. Había trabajado sin descanso para convertir el banco Sheppard en un éxito y lo había hecho para demostrar a Hollister que estaba equivocado, que a pesar de haber dejado a su padre en la ruina tarde o temprano él se haría con la empresa Cain.

Había trabajado durante toda su vida para conseguirlo y, de repente, ya no significaba nada para él.

–¿Qué estás diciendo, que no quieres casarte conmigo a menos que firme un documento que proteja a la empresa Cain?

Ella parpadeó, sorprendida.

–Eso es lo que sugirió Dalton.

–Muy bien, firmaré todo lo que quieras.

Y era cierto. Aunque sabía lo que eso significaba: que se pondría completamente a su merced.

Estaría a merced de los Cain, a los que había odiado y de los que había desconfiado toda su vida. Y no le importaba. Porque la idea de perderlo todo no era tan aterradora como perder a Meg.

–No lo entiendes –dijo ella–. Si necesito ese papel es porque no confío en ti y no creo que pueda confiar nunca. Pero no puedo casarme con alguien en quien no confío.

Esa declaración lo dejó de piedra.

–¿Estás diciendo que no vas a casarte conmigo por la empresa Cain o porque Dalton dice que no debes confiar en mí?

–Estoy diciendo que no puedo casarme contigo porque no confío en ti. Y después de lo que me hiciste no puedo ni podré nunca confiar en ti, Grant.

–Me ofrezco a firmar un documento por el que tú serías la titular de todo…

–No quiero eso, quiero un marido al que crea cuando dice que me quiere.

Le había abierto su corazón y Meg no lo creía. Prácticamente le había suplicado y a ella le daba igual.

–¿Tienes idea de lo que te he ofrecido?

–Me has ofrecido dinero, lo único que te importa.

–Actúas como una niña pequeña –la acusó Grant, furioso.

Ella lo miró, triste, sorprendida y herida.

–¿Por querer confiar tanto en alguien que no necesite ningún documento firmado? ¿Te das cuenta de lo absurdo que suena eso?

–Eres una ingenua. Este es el mundo en el que vivimos y los contratos son parte de él. No solo para ti y para mí, para todos. No se trata de confianza y devoción, sino de sentido común. Ahora tienes cientos de millones y…

–Nunca he querido ese dinero.

–Pero es tuyo, lo quieras o no. Ahora eres una mujer con mucho poder y será mejor que empieces a actuar como tal, porque si no lo haces se aprovecharán de ti. Y lo harán de todas las formas posibles, usarán tus emociones, tu generosidad, usarán a Pearl. Y ese es tu error, no ser capaz de reconocer que no podrás volver a confiar en nadie.

–Eso no es cierto –dijo Meg–. Hay personas en las que sí puedo confiar.

–Ya, claro, los Cain –replicó Grant, desdeñoso–. O ese chico del hotel al que prácticamente tratabas como si fuera de tu familia. O Gisele, que no ha sonreído desde que salió de Rusia. Estás dispuesta a darle una segunda oportunidad a todos menos a mí –añadió, sin poder disimular su rabia–. Pues ya me he cansado de suplicar.

Meg tuvo que agarrarse al picaporte, con los ojos llenos de lágrimas. Abrió la boca para decir algo y Grant contuvo el aliento mientras esperaba una respuesta, pero no dijo nada.

Se dio la vuelta y salió prácticamente corriendo, llevándose con ella todo lo que era importante.

Meg no era tan tonta como para esperar que Grant fuese tras ella. De hecho, lo temía, porque no sabía si tendría fuerza de voluntad para resistirse. Aun así, le sorprendió que no lo hiciera. Grant Sheppard no era la clase de hombre que se rendía fácilmente ni se apartaba de una situación solo porque fuese un poco complicada.

Meg había estado segura de que lucharía, por eso le había pedido a su abogado que se preparase para una demanda de custodia compartida. Podría pasar mucho tiempo hasta que recibiese el dinero que de la herencia de Hollister, pero Dalton, Griffin y Cooper habían cumplido su promesa y le habían adelantado dinero suficiente.

Por supuesto, estaba encantada con la recuperación de Pearl, que había salido del hospital el día después del funeral de Hollister. Grant había estado allí para ayudarla con las maletas, pero no había protestado cuando metió a Pearl en su viejo Chevy para volver a Victoria. Y se lo agradeció.

Cuando llegó al pueblo estaba un poco más calmada y unos días más tarde Pearl parecía casi recuperada del todo, mostrando su cicatriz encantada a todo el que quisiera verla.

Para Meg la recuperación era más lenta. Francamente, era agotador ser tan feliz por una cosa y estar tan triste por otra al mismo tiempo. Sentía como si a medida que el corazón de Pearl iba curando, se hiciera un agujero en el suyo.

¿Cómo iba a soportarlo? ¿Cómo iba a recuperarse de Grant por segunda vez?

La primera vez había sido terrible, y solo el embarazo le había ayudado a superarlo. Desde el momento que supo de la existencia de Pearl, sencillamente había dejado de llorar. En aquella ocasión no habría embarazo, porque habían usado preservativo y, además, ella tomaba la píldora, de modo que intentó mantenerse ocupada con su trabajo y su hija.

El martes por la tarde estaba en el obrador, probando una receta nueva de magdalenas de limón, cuando oyó la campanita de la puerta.

–Janine, ¿eres tú?

Su amiga, que se había llevado a Pearl a dar un paseo, gritó:

146

–¡Somos nosotras!

Un segundo después entraba en el obrador con la niña en brazos.

–Un helicóptero ha pasado sobre nuestras cabezas en la plaza.

–¿Un helicóptero? Qué raro –comentó Meg.

–¡Papá! –exclamó la niña entonces.

A Meg se le encogió el corazón. En el último mes, Pearl había ido añadiendo palabras a su vocabulario y su nueva adquisición era «papá».

Había preguntado por su padre muchas veces y Grant... ¿dónde demonios estaba? Ni siquiera había llamado por teléfono. No quería verlo, por supuesto, pero Pearl sí. Y había jurado ser parte de la vida de su hija. Entonces, ¿dónde estaba?

Para ser justos, había sido idea suya volver a Victoria sin discutirlo con él, y estaba dispuesta a soportar un corazón roto, pero después de esas semanas en Houston estaba convencida de que Grant quería ser parte de la vida de Pearl...

Meg se limpió las manos en el delantal y se volvió para tomar a la niña en brazos.

–No, cariño, tu papá no está aquí.

–¡Papá! –insistió Pearl.

–Sé que lo echas de menos –Meg enterró la cara en el pelito de su hija.

En ese momento le sonó el móvil y Meg miró la pantalla, desconcertada.

–¿Qué pasa? –preguntó Janine.

–Es un mensaje de Grant –Meg frunció el ceño–. Me pide que Pearl y yo nos encontremos con él.

–¿Dónde quiere que os veáis?

Meg pulsó el enlace y en la pantalla apareció un mapa.

–Creo que es la pista de aterrizaje, a las afueras del pueblo.

Como en la mayoría de los pueblos de Texas, en Victoria había un viejo aeropuerto regional que se usaba sobre todo para las avionetas de fumigación. La dirección que le había dado Grant era un hangar recién pintado, con un cartel sobre la puerta que decía «Empresas Pearl».

Meg detuvo el coche y, mientras desabrochaba el cinturón de la silla de seguridad, Grant salió del hangar. Iba en vaqueros, con un jersey gris que destacaba sus anchos hombros y hacía que sus ojos pareciesen más grises de lo habitual.

En cuanto Pearl lo vio empezó a alargar los bracitos hacia él, gritando de alegría. Se movía tanto que Meg tuvo que dejarla en el suelo para que corriera hacia su padre, que la tomó en brazos y empezó a dar vueltas.

–¿Cómo está mi niña?

–Papá, papá, papá…

Grant la miró, sorprendido.

–Vaya, has aprendido una palabra nueva.

–Papá, papá, papa…

Meg sentía que su corazón estaba a punto de explotar. Parecían tan felices… Grant no parecía un hombre capaz de romperle el corazón, pero lo era.

Lo había sido. Y lo haría otra vez si ella se lo permitía.

—¿Le has comprado un helicóptero? —preguntó, irónica.

—No, en realidad... —Grant sacó del bolsillo un papel doblado y se lo ofreció—. Te he comprado a ti un helicóptero.

—Llevamos un mes sin saber nada de ti y de repente apareces con un helicóptero... ¿qué debo hacer, darte las gracias?

Su escudo protector estaba rompiéndose y no sabía si abofetearlo o echarse en sus brazos.

Grant se acercó para envolverle la cintura con el brazo libre y Pearl, automáticamente, le echó los brazos al cuello.

—No pasa nada.

—¿Cómo que no pasa nada?

Su voz sonaba entrecortada, como si estuviera llorando. ¿Estaba llorando?

—Todo va a salir bien —murmuró Grant.

—¡Pero has desaparecido durante un mes! —lo acusó ella—. No hemos sabido nada de ti y...

—¿Me has echado de menos?

Meg le dio una cachetada en el brazo.

—No puedes pedirle a una mujer que se case contigo y luego no ponerte en contacto con ella durante un mes. No puedes decir que quieres ser parte de la vida de tu hija y luego no hacerlo.

—Tienes razón. Y no volverá a pasar.

—¡Desde luego que no!

—Pero escúchame, ¿de acuerdo?

Tenía los labios apoyados en su sien y sus palabras eran como un beso. Meg tuvo que hacer un esfuerzo para apartarse de él. No podía pensar con claridad teniéndolo tan cerca.

–Muy bien, te escucho.

–Cuando te propuse matrimonio en el hospital cometí un error. Creo que no lo pensé bien.

Ah, genial. Aquello iba a ser mejor de lo que había esperado.

–Pensé que cuando Pearl saliera del hospital me dejarías, así que te lo propuse por miedo, sin un plan, sin saber cómo íbamos a hacer que funcionase. Necesitaba convencerte para que me dieras otra oportunidad...

Meg miró el papel.

–¿Qué es esto?

–Es mi plan, o al menos un resumen –Grant sonrió con cierta timidez–. Es un acuerdo de separación de bienes e información sobre el fideicomiso que he creado para Pearl del que tú serás administradora, por supuesto. Contiene todas mis acciones de la empresa Cain. Yo no podré tocarlas y eso significa, esencialmente, que tú eres la propietaria de la mayor parte de la empresa.

–Pero yo no...

–Sé que no lo quieres, sé que te da miedo, pero ignorarlo no va a hacer que las cosas cambien. Sé que no quieres irte de Victoria porque esta es tu vida, de ahí el helicóptero.

–No entiendo.

–Podrás seguir viviendo en Victoria y viajar a

Houston cuando te parezca. Solo se tardan unos minutos.

—Grant, yo...

Él la tomó de la mano.

—Sé que no quieres confiar en mí y no sé cómo convencerte de que te quiero aparte de darte todo lo que tengo. La única manera de demostrar que merezco tu confianza es confiar en ti con todo mi corazón y esperar que me quieras lo suficiente como para no rompérmelo.

Meg no sabía qué decir, qué pensar o qué hacer.

Por supuesto, sabía lo que quería: a Grant. A aquel hombre increíble que estaba declarándole su amor de una forma inexplicable. Lo quería a él y quería creer en su amor, ¿pero cómo iba a hacerlo?

—No sé si sabré confiar en ti —le confesó.

—Este documento pone todo el poder en tus manos y el fideicomiso de Pearl aún más. Tardé mucho tiempo en adquirir las acciones de la empresa Cain y estoy poniendo los últimos años de mi vida en tus manos —Grant inclinó la cabeza para besarle la frente y luego la de Pearl—. No puedo hacer que confíes en mí, lo único que puedo hacer es demostrar que yo confío en ti.

Eso la convenció. Grant se desprendía de todo por ella y por Pearl. Entregándole las acciones y el fideicomiso no había ninguna posibilidad de que se hiciera con la empresa Cain. De verdad se lo estaba dando todo.

—No quiero estar contigo por Pearl ni por la empresa Cain —siguió él—. Y tampoco porque tú me lo

151

hayas puesto fácil porque Dios sabe que no es así. Quiero estar contigo porque a tu lado soy la clase de hombre que quiero ser, la clase de hombre del que mi padre estaría orgulloso, la clase de hombre que tu abuelo querría para ti.

Cuando miró alrededor, Meg vio muestras de su amor por todas partes: el hangar que había comprado, el helicóptero, que tenía dos logos pintados bajo el cartel Empresas Pearl, el del banco Sheppard y el de su pastelería.

Y entonces se fijó en Pearl, que miraba a Grant con tanto cariño…

Tal vez no podía confiar en su propio corazón, pero sí en el de su hija, tan limpio, tan puro.

Durante toda la vida su objetivo había sido no ser como su madre. No había querido dejarse controlar por las emociones, no había querido que le rompieran el corazón y no poder recuperarse nunca.

En fin, quizá la forma de no ser como su madre era no enamorarse nunca.

O tal vez enamorarse del hombre adecuado.

Grant tiró de su mano y Meg cayó en sus brazos.

Y allí estaba, él era el hombre adecuado.

–Pensé que habías dejado de suplicar una segunda oportunidad –bromeó.

–No, es que necesitaba un nuevo plan.

Su fe en él era algo tan nuevo que casi no podía ponerlo en palabras, pero lo intentó.

–Querías saber por qué estaba dispuesta a confiar en los demás, pero no en ti… ¿y sabes por qué?

Porque nadie más tiene el poder de herirme como tú. Me alegra mucho tener hermanos y cuñadas, pero nadie es tan importante como tú. Confiar en ti, amarte, me da miedo porque no quiero volver a perderte, pero quiero intentarlo.

Grant negó con la cabeza.

—Necesito que creas que va a salir bien, necesito que sepas cuánto te quiero.

Todas sus dudas desaparecieron en ese momento. Lo único que quedaba era esperanza, amor y la certeza de que era más afortunada de lo que nunca hubiera podido imaginar.

Epílogo

Meg no estaba a su lado cuando despertó. Grant se dio la vuelta y tomó el móvil de la mesilla para mirar la hora. Medianoche, la hora de las brujas. O, como era conocida en su casa, la hora de hacer pasteles.

Grant saltó de la cama y se puso el pantalón del pijama para ir a la cocina. Una de las primeras cosas que había hecho después de convencer a Meg para que se casara con él fue volver a comprar la casa en la que había crecido. Había tenido que pagar dos veces su precio, pero merecía la pena porque la casa era una parte de su historia. Y era la casa en la que se había enamorado de ella. También había muchos recuerdos tristes, pero estaba decidido a hacerla tan feliz que todo eso quedaría olvidado.

Y aquel día, el día de su boda, sería uno de los mejores recuerdos.

Encontró a Meg en la cocina, canturreando mientras batía algo en un cuenco.

Sonriendo, se colocó tras ella y la abrazó.

–No tenías que levantarte –murmuró Meg, dejándose caer sobre su torso.

Grant dejó escapar un gemido cuando arqueó la espalda, apretándose contra su erección.

–¿No crees que me levantaría de la cama para esto?

Meg giró la cabeza para besarlo en los labios y él tuvo que hacer un esfuerzo para contener la tentación de sentarla en la encimera y tomarla allí mismo.

Al contrario que las mayoría de las novias, Meg había pasado los últimos días trabajando. En la nevera industrial de la pastelería había, además de montones de pasteles, una tarta nupcial. No era demasiado grande, ya que la ceremonia tendría lugar en Victoria y solo acudirían la familia y los amigos íntimos. El gran banquete se celebraría en Houston la semana siguiente.

Las dos familias, los Cain y los Sheppard, se habían vuelto inseparables. Tres años antes no habría imaginado que podría tomar una cerveza con Dalton o que quedaría para hablar de negocios con Griffin. O que pasaría las navidades en la preciosa casa de Cooper en las montañas de Utah. Después de un largo año de compromiso con Meg, todas esas cosas le parecían naturales.

Por supuesto, tampoco habría imaginado nunca que su programa favorito de televisión tendría como protagonista a un dinosaurio parlante, y eso demostraba que a veces lo inesperado era lo mejor de la vida.

–¿Vas a hacer un pastel de merengue?

Meg le dio un manotazo cuando intentó probar el chocolate.

–Es el favorito de Pearl, ya lo sabes.

–El mío también –admitió él.

Meg dejó de batir para mirarlo por encima del hombro.

–No me lo habías dicho.

Levantándole la barbilla con un dedo, Grant le dio un beso en los labios.

–Todos tus pasteles son maravillosos, pero la primera vez que hiciste este fue el día que supe que estaba enamorado de ti. Por supuesto que es mi favorito.

Había sido un tonto. Había perdido demasiado tiempo, pero al final había logrado ganarse su corazón. De modo que sí, aquel pastel de merengue, con sus diferentes capas, su simplicidad y sus complicaciones, era su favorito.

LOS DESEOS DE CHANCE

SARAH M. ANDERSON

Chance McDaniel lo había tenido todo muy difícil desde que su mejor amigo lo había traicionado. El escándalo ya había estallado cuando apareció en escena Gabriella del Toro, la hermana de su amigo. La suerte de Chance estaba a punto de cambiar. Deseaba a aquella mujer bella e inocente y, de repente, seducirla se convirtió en su prioridad.

Gabriella, que había crecido sobreprotegida y siempre había querido más, vio en aquel rico ranchero la oportunidad de ser libre. ¿Sería capaz de evitar la telaraña de engaños tejida por su propia familia?

¿Conseguiría Gabriella todo
lo que siempre había soñado?

¡YA EN TU PUNTO DE VENTA!

Acepte 2 de nuestras mejores novelas de amor GRATIS

¡Y reciba un regalo sorpresa!

Oferta especial de tiempo limitado

Rellene el cupón y envíelo a
Harlequin Reader Service®
3010 Walden Ave.
P.O. Box 1867
Buffalo, N.Y. 14240-1867

¡Sí! Por favor, envíenme 2 novelas de amor de Harlequin (1 Bianca® y 1 Deseo®) gratis, más el regalo sorpresa. Luego remítanme 4 novelas nuevas todos los meses, las cuales recibiré mucho antes de que aparezcan en librerías, y factúrenme al bajo precio de $3,24 cada una, más $0,25 por envío e impuesto de ventas, si corresponde*. Este es el precio total, y es un ahorro de casi el 20% sobre el precio de portada. !Una oferta excelente! Entiendo que el hecho de aceptar estos libros y el regalo no me obliga en forma alguna a la compra de libros adicionales. Y también que puedo devolver cualquier envío y cancelar en cualquier momento. Aún si decido no comprar ningún otro libro de Harlequin, los 2 libros gratis y el regalo sorpresa son míos para siempre.

416 LBN DU7N

Nombre y apellido	(Por favor, letra de molde)	
Dirección	Apartamento No.	
Ciudad	Estado	Zona postal

Esta oferta se limita a un pedido por hogar y no está disponible para los subscriptores actuales de Deseo® y Bianca®.
*Los términos y precios quedan sujetos a cambios sin aviso previo.
Impuestos de ventas aplican en N.Y.

SPN-03   ©2003 Harlequin Enterprises Limited

**Su mutuo deseo podría haber rivalizado en intensidad
con el sol de La Toscana**

Para Dario Olivero, Alyse
Gregory era simplemente
un medio para vengarse de
su hermanastro. Pero Aly-
se también era la clave que
iba a permitirle obtener la
aceptación familiar que
siempre había anhelado y,
consciente de las dificulta-
des en que se encontraba,
decidió utilizarla.

Alyse no esperaba una
proposición de matrimonio,
pero aquel sexy italiano podía hacerse cargo de las
deudas de su familia si
aceptaba el matrimonio de
conveniencia que le propo-
nía… Su cabeza le decía
que no debía hacerlo, pero
su cuerpo ansiaba otra
cosa.

Venganza en La Toscana

Kate Walker

Deseo

EL HEREDERO DESCONOCIDO

JULES BENNETT

Lily Beaumont mantuvo un tórrido romance con Nash James, el mozo de cuadras de la propiedad en la que estaba filmando una película sobre una de las dinastías más conocidas del mundo de las carreras de caballos. Nash estaba fingiendo ser un simple mozo de cuadra para vengarse de su rival y padre biológico, Damon Barrington. Pero tendría que encontrar la manera de decir la verdad y conservar el afecto de una familia a la que había llegado a querer, así como a la mujer de la que se había enamorado.

*El problema llegó cuando supo
que estaba embarazada*